부검
스페셜리스트

부검 스페셜리스트 8

가프 현대 판타지 소설

초판 1쇄 찍은 날 § 2020년 8월 26일
초판 1쇄 펴낸 날 § 2020년 9월 2일

지은이 § 가프
펴낸이 § 서경석

총괄팀장 § 노종아
편집책임 § 이민지
디자인 § 소소연

펴낸곳 § 도서출판 청어람
등록번호 § 제387-1999-000006호
등록일자 § 1999. 5. 31
어람번호 § 제1-3081호

주소 § 경기도 부천시 부일로 483번길 40 서경B/D 3F (우) 14640
전화 § 032-656-4452 팩스 § 032-656-4453
http://www.chungeoram.com
E-mail § chungeorambook@daum.net

ⓒ 가프, 2019

ISBN 979-11-04-92243-5 04810
ISBN 979-11-04-92151-3 (세트)

가프

현대 판타지 소설

8

부검
스페셜리스트

MODERN FANTASTIC STORY

목차

제1장

심장으로 맺은 인연Ⅱ

쪼르륵!

커피를 따랐다. 조심스레 따랐다.

"드시죠."

송병모에게 건네주었다. 부검을 마치고 둘은 창하 방으로 옮겨 와 있었다.

"좋네요."

한 모금을 넘긴 그가 하얗게 웃었다.

"괜찮으세요?"

"네. 덕분에……."

"오늘 부검은 제가 참관자인 느낌입니다."

"양해해 주셔서 고맙습니다."

"아뇨. 참 잘했다고 생각했습니다. 그건 선생님이 할 일이었습니다."

"선생님 눈에 그렇게 보였다니 안심이네요. 에이미가 회계 전문가라 꼼꼼한 성격이거든요."

"……."

"결혼… 하셨어요?"

그가 창하에게 물었다.

"아뇨, 아직……."

"좋아하는 사람은요?"

"글쎄요, 그것도 아직은 잘……."

"저도 그랬어요. 그러다 에이미와 불타올랐죠."

"네……."

"의대 졸업반 때 만났으니 얼마 되지도 않아요. 그래서 그렇게 간절했던 것 같습니다."

"……."

"선생님 덕분에 의사 생활의 마무리를 잘하게 되었습니다. 목숨도 살리지 못했는데 심장까지 그런 채로 보내면 두고두고 한이 되었을 거거든요."

"의사 생활의 마무리라는 건?"

"닥터, 접으려고요."

"예?"

창하가 눈빛을 세웠다. 뉴욕대를 나온 재원 중의 재원이었다. 현재 몸담고 있는 병원에서도 뛰어난 실력을 인정받는 신예 의사. 그런데 의사를 그만둔다니?

"정말 최선을 다했거든요. 그럼에도 아내를 살리지 못했어요. 그런 간절함으로 사랑하는 아내도 못 살렸는데 이제 다른 환자를 어떻게 살리겠어요. 제 의사 생활은 여기까지인가 봅니다."

"송 선생님."

"작년 가을, 아내와 제주의 가파도에 간 적이 있어요. 거기 선상 낚시에서 방어를 한 마리 잡았는데 아내가 얼마나 좋아하던지……. 거기 가서 낚시나 하며 지낼까 해요."

"사표를 내신 모양이군요?"

"오는 길에요. 다들 푹 쉬다가 오라고 하지만 다시 수술장으로 돌아가지는 않을 겁니다."

"그럼 부검은 어떠신가요?"

"예?"

난데없는 질문에 송병모가 멍한 표정을 지었다.

"산 사람 살리는 의사 말고 죽은 사람 살리는 의사……. 선생님의 의술을 그냥 접기에는 너무 아깝잖아요?"

"이 선생님."

"압니다. 의사도 때려치우는데 부검의……. 그런데 제가 꿈꾸는 미래엔 선생님 같은 분이 필요해서요. 이렇게 드라마틱

하게 만난 것도 인연이 아닐까요?"

"미래라면?"

"세상의 가치는 변하지 않습니까? 부검의가 지금은 각광받지 못하지만 미래에는 또 모르죠. 그래서 법과학연구재단 같은 걸 준비하고 있습니다."

"선생님이요?"

"저 혼자서야 안 되죠. 몇몇 뜻있는 분들이 동참하고 계십니다."

"부검의… 부검의라……."

"실은 제가 인생 멘토로 삼고 계신 분이 뉴욕 의대 출신이십니다. 그분의 유지를 이어받은 겁니다."

"뉴욕 의대라면 누구신지?"

"방성욱 선생님."

"방성욱이라고요?"

송병모 눈빛이 출렁거렸다.

"아십니까?"

"알다마다요. 뉴욕 의대를 빛낸 인물 중의 한 분으로 꼽히는 분이잖아요. 제가 스탠퍼드나 듀크대 사이에서 고민하다가 뉴욕 의대로 간 것도 그분 때문이었습니다."

"와우, 이건 진짜 인연이군요."

"그런데 이 선생님은 그분을 어떻게?"

"전생 인연이었나 보죠. 그분이 한국 국과수로 오셨다가 감염병에 전염되어 희생되셨는데 그분의 유품을 제가 받게 되었습니다. 그래서 그분 공부를 많이 했죠."

창하가 백택의 메스를 꺼내놓았다.

"이, 이것……."

송병모의 시선이 메스에 꽂혔다. 아까는 아내의 심장에 빠져 알아채지 못했던 것. 가까이에서 보게 되니 눈빛부터 변하는 그였다.

"아십니까?"

"잠깐만요."

송병모가 핸드폰을 꺼냈다. 뉴욕 의대 강의실 복도에 걸린 선배 의사들의 사진이 나왔다. 거기 방성욱이 있었다. 뉴욕검시센터에서 부검을 마치고 취한 포즈였다. 그 손에 백택의 메스가 있었다.

"조각이 추가된 것만 빼면 완전히 똑같군요."

"추가된 조각 역시 그분의 유지였습니다."

"맙소사, 어쩐지 국과수에 굉장한 부검의가 있다고 하길래 좀 의아하던 차였어요. 그런 실력으로 왜 부검의가 되었나 하기도 했고……."

"방 선생님도 부검의셨으니까요."

"……."

"저 며칠 후에 뉴욕으로 갑니다. 미국 법의관 자격을 얻기 위해서요. 합격하고 돌아오면 본격적으로 법과학연구재단 일을 추진하기 시작할 것 같습니다. 그때까지도 의사로 컴백하지 않으시면 제가 찾아갈 겁니다."

"선생님."

"죽은 사람 살리는 일(?)도 생각보다 보람찹니다."

"……."

"그때까지 평생 잡을 방어 다 잡고 계시기 바랍니다."

창하의 매조지는 강력했다.

"일단은 방어를 잡아보죠. 그러면서 보겠습니다. 방어가 무는 손맛의 느낌이 강한지 선생님의 제의가 강한지……."

송병모가 일어섰다.

"저분, 굉장하던데요?"

그가 떠난 주차장 앞에서 원빈이 중얼거렸다. 그사이에 송병모라는 캐릭터의 스펙을 뒤져본 모양이었다.

"한국에 온 지 얼마 되지 않아서 심장 수술에 대한 특허까지 냈더군요. 한 달 기준으로는 한국 최고의 수술 건수 기록에 최고의 성공률……."

"계속해 보세요."

"심지어는 38시간 연속 수술 기록도 있더라고요."

"또 없어요?"

"한 달에 한 번은 후진국 어린이 심장병 환자 무료 수술……. 기사 읽다 보니 철인이 따로 없어요."

"그렇죠?"

"제가 드리는 말은 그런 철인을 선생님이 구한 거라고요. 주먹 제세동기로요."

원빈이 혀를 내둘렀다. 창하가 송병모를 구한 얘기는 부검 수술 중에 나왔었다.

"무슨 말씀 나누셨어요? 선생님하고는 잘 어울려 보이던데?"

"꿈을 얘기했죠."

"꿈?"

"하지만 몰라요. 워낙 출중한 분이라 제 말에 마음을 열어 줄지……."

"선생님."

"예?"

"저 박사과정 등록했습니다."

"오, 정말요?"

창하가 반색을 했다.

"네, 선생님 모시고 있자니 지식도 딸리고… 또 선생님이 계속 공부하고 계시니 보조도 맞춰야 할 것 같고… 저 선생님이랑 오래 일하고 싶거든요."

"잘 생각하셨네요. 수업이 있거나 과제가 많은 날은 얘기하세요. 시간은 제가 만들어 드릴게요."

"당장은 선생님 발등의 불이나 꺼주세요. 물론 잘 알아서

하시겠지만……."

원빈이 창하를 바라보았다. 신뢰가 강물처럼 깊은 눈빛이었다.

           *   *   *

시간은 흐르는 강물처럼 지나간다.

그 강물이 역사를 이룬다.

창하 역시 다를 수 없었다.

짝짝짝!

우레 같은 박수와 함께 창하가 들어섰다. 착석한 사람들의 손이 쉴 새 없이 박수를 쏟아냈다. 피경철이 보이고 권우재가 보인다. 소예나와 길관민도 자리를 같이했다. 창하의 분신으로 불리는 두 어시스트, 원빈과 광배는 말할 것도 없었다. 그 옆의 수아 또한 후끈 달아오른 모습이었다.

앞에 앉은 사람은 서필호 회장과 손자였다. 창하의 형과 형수도 자리를 빛내주었다. 그들 외에 본원의 원장과 국과수 직원들, 채린과 장혁 등에 의대 동기, 수련병원 선후배들까지 몰려온 자리였다.

짝짝짝!

창하가 들어온 후에도 박수는 그치지 않았다. 그 박수 속에 저물어간 두 달이 떠올랐다. 창하의 분투는 박수로 증명되고 있었다. 미국에서 실시된 시험에서 보란 듯이 합격을 먹은 것이다.

"축하하네."

"축하합니다."

꽃다발에 이어 악수가 이어졌다.

"자식!"

형은 창하를 격하게 포옹했다. 피경철의 포옹 역시 못 견디게 뜨거웠다.

"고맙습니다. 여러분."

창하의 입이 열렸다. 사실 국과수의 많은 사람들은 창하가 미국에서 시험을 보는 것도 몰랐다. 심지어는 형과 형수도 그랬다. 혈혈단신 뉴욕을 다녀온 후에야 통지를 한 까닭이었다.

창하의 기행은 뉴욕검시센터장인 젠슨에게도 예외가 아니었다. 뉴욕에 갔지만 그에게도 알리지 않았다. 합격한 후에 알리려는 의지 때문이었다.

"이 선생님."

합격자 발표가 난 날, 창하에게 전화를 건 젠슨은 저 홀로 흥분해 있었다.

"이게 웬일입니까? 미국을 다녀가신 겁니까?"

"예. 닥터 젠슨."

"맙소사, 그런데 제게 연락하지 않은 겁니까? 저는 이 선생님이 사정이 있어 시험 응시를 하지 않은 것으로 생각했습니다."

"그때는 합격 전이었으니까요."

"말도 안 됩니다."

"무자격자로 젠슨 앞에 서고 싶지 않았습니다."

"당신이 무자격자라뇨? 제가 시험을 권한 건 단지 한국과 미국의 시스템 때문에……."

"너무 아쉬워 마세요. 이제는 젠슨의 콜만 기다리고 있으니까요."

"아무튼 당신은 사람 마음 뒤흔드는 데 명수로군요. 이렇게 놀라게 하다니."

"이제는 부검으로 당신을 놀라게 하고 싶습니다."

"좋아요. 당장 초청을 추진하겠습니다. 기다려 주십시오."

젠슨은 흔쾌했고 창하는 통쾌했다. 마음이 통하는 사람이 있다는 건 언제나 행복한 일이었다. 젠슨의 초청장은 바로 도착했다. 남은 날은 불과 2주였다.

대통령도 청와대로 창하를 불러 치하를 해주었다. 그의 스타일대로 소박한 부추전에 동동주였지만 어느 진수성찬보다 기분이 좋았다.

"여러분, 혼자서만 폭주하는 잘난 이창하 선생을 위하여 건배합시다."

길관민이 일어나 분위기를 띄웠다.

"잘나가도 밉상이 아닌 이창하 선생님을 위해."

수아도 목청을 돋운다. 양쪽에서 흔들어댄 샴페인이 창하를 공격했다. 미리 작당을 한 게 틀림없었다.

"선생님, 과격하게 축하해요."

수아는 병에 남은 샴페인을 알뜰하게도 쏟아부었다.

"여러분, 나는 이제 늙어서 의욕이 없지만 누구든 이 선생의 뒤를 이어 미국 법의관 자격을 취득해 주시기 바랍니다. 국과수 검시관 대우가 바닥이지만 우리가 노력해 나가면 정부에서도 차차 대우를 바꿔주지 않겠습니까?"

피경철도 한층 고무되었다.

"선생님."

원빈의 잔이 채워지고, 광배의 잔이 채워졌다. 창하는 둘의 술잔을 꾹꾹 눌러 따르는 것으로 보답했다.

"두 분 덕분이에요."

인사를 챙기는 것도 잊지 않았다. 언제나 뒤에서 수고하는 사람들이 값지다. 창하는 그걸 잘 알고 있었다. 이날만은 술을 많이 마셨다. 한 번쯤 긴장을 놓는 것도 나쁘지 않았다. 방성욱도 동의하는 듯 술잔 속에서 달처럼 환하게 웃어주었다.

미국행이 결정된 2주 동안 피경철은 창하에게 부검을 배정하지 않았다. 다행히 강력사건이 주춤한 것도 있었고 시험 대비 때 챙겨주지 못한 미안함도 있었다. 그 마음을 아는 창하였기에 기꺼이 받아들였다.

그렇다고 손 놓고 놀지는 않았다. 그간의 부검을 정리하고 방성욱의 기억상자를 꺼내 미국 부검에 대한 정리를 했다.

미국은 총기와 마약 사고가 대세였다. 한국과는 판 자체가 달랐다. 시스템도 한국보다는 앞서 있다. 그런 격차를 하나하나 좁혀가는 창하였다.

　나아가 방성욱에 대한 기억도 꼼꼼히 펼쳐보았다. 방성욱이 존경하는 법의학자들은 헬펀과 로즈, 피셔 등이었다. 모두 미국 법의학에 획을 그은 거장들이다. 그들에 대한 기억도 익숙하게 숙지했다. 피경철의 바람처럼 미국 모드로 세팅하는 것이다.

　하지만 세상은 언제나 계획대로 흘러가지 않는다. 미국행을 닷새 앞둔 날, 채린, 장혁이 국과수를 방문했다 그들과 다과를 나누는 순간, 미국에서 엄청난 사건이 발생했다. IS의 수장을 제거한 미국. 그 잔당들이 결국 미국에 복수의 한 방을 안겨준 것이다.

　뉴욕 허드슨강을 출발하는 초대형 크루즈선이 자유의여신상 앞을 지나갈 때였다. 선상에는 각국의 여행객들이 나와 자유의여신상을 배경으로 추억을 찍느라 바빴다. 바로 그 순간, 지구촌의 악몽이 일어났다.

　콰앙!

　크루즈에 대폭발이 일어난 것이다. 폭발은 한 번도 아니었다.

　창하가 막 두 사람에게 커피를 내놓을 때였다. 인터폰이 미친 듯이 울렸다.

"여보세요."

창하가 전화를 받았다.

―선생님, 속보 보셨어요?

"속보요?"

―안 보셨으면 보세요. 지금 미국에 난리가 났어요.

"……!"

전화를 끊은 창하가 텔레비전을 틀었다. 거기 속보가 타전되고 있었다.

―긴급 속보입니다. 방금 미국의 뉴욕에 테러로 보이는 폭발이 일어나 대형 크루즈선이 침몰하는 참사가 일어났습니다. 모두 세 곳에서 일어난 초대형 폭발로 인해 크루즈선은 순식간에 기울었고 탑승객 2,200여 명 중 상당수가 수장되는 초유의 아수라장이 벌어졌습니다. 미국 연방수사국은 허드슨강 일대를 완전 통제하고 구조 작업에 돌입했지만 최근의 폭우로 불어난 강물에 어둠이 더해 고전하는 것으로 알려졌습니다. 이와 관련해 백악관은 국가재난상태를 선포하고 배후를 주장하는 IS 잔당들에게 보복을 경고하고 나섰습니다. 한편 이 배에는 아시아 페스티벌 행사로 아시아계 여행객 위주로 탑승한 것으로 알려졌으며 한국 관광객도 약 80여 명이 탑승했다는 정보에 따라 외교부가 사실 파악에 나섰습니다.

"크루즈선?"

채린이 먼저 반응을 했다.

"으아, 골 때리네. 저 정도 폭발에 화재 상황이면 절반은 죽었을 것 같은데?"

장혁도 긴장하는 표정이 역력했다.

대형 재난이었다. 이 정도 규모라면 초대형 쓰나미 이상이다. 미국 수사 당국은 물론이요, 법의학자들도 초비상이 걸릴 일이었다.

"선생님이 미국 가는 일도 차질이 생기는 것 아닐까요?"

장혁이 우려를 표했다.

"저보다 사건이 걱정이네요."

창하의 표정도 어둡기만 했다.

그들이 돌아가고 얼마 후, 피경철과 권우재가 들어왔다.

"어떻게 되는 거지? 저쪽 연락은 없었나?"

피경철이 물었다. 그도 걱정이 되는 모양이었다. 바로 그때 창하의 핸드폰이 울렸다. 발신지는 미국이었다.

"미국인데요?"

창하가 피경철을 바라보았다.

"젠장, 초청이 연기되는 모양이군."

그가 혀를 찼다.

"여보세요."

창하가 전화를 받자 젠슨의 목소리가 흘러나왔다.

—이 선생남.

침통하고 무거운 영어였다.

"방금 속보를 보았습니다. 심심한 위로를 드립니다."

—그러게요. 이게 무슨 일인지 모르겠습니다. 부득 초청 일정을 변경해야 할 것 같습니다. 괜찮겠습니까?

"제 초청은 신경 쓰지 마시고 상황 수습에 진력하시기 바랍니다. 저는 아무래도 괜찮고 도와드리지 못하는 게 아쉬울 뿐입니다."

—제 말씀은 초청 일정을 당기겠다는 것입니다. 지금 당장 미국으로 출발해 주십시오.

"예?"

창하가 고개를 들었다.

—저 지금 국토안보부에서 긴급회의를 마치고 나오는 길입니다. 그 자리에서 각국의 지원 제의에 대한 브리핑을 받았는데 모두 거절하기로 결정되었습니다. 그 안에는 한국 정부의 특별 구조대 제의도 포함됩니다. 미국에 대한 테러니만큼 미국의 힘으로 헤쳐 나가려는 의지에 더해 테러 정보의 누설까지 고려가 된 상황입니다.

"그런데 저를?"

—오직 하나의 경우만은 예외를 인정받았습니다. 바로 당신, 코리아의 이창하 검시관.

"젠슨……."

―미안하지만 지금 곧 미국으로 날아와 주셔야겠습니다.

"⋯⋯."

―현재 FBI의 시뮬레이션으로 볼 때 사망 예상자가 무려 1,400명 이상입니다. 이 많은 시신의 신원을 밝히고 경우에 따라 부검까지 하려면 지원 제의로 생색이나 내려는 각국의 오합지졸 수백 명보다 한 사람의 진짜 리더가 필요합니다. 허락해 주시겠습니까?

제2장

—

미국 재난현장을 장악하다

"가죠. 법의학을 공부한 사람이라면 이건 하나의 의무이기
도 하니까요."

─고맙습니다. 저희 구조 당국에서 한국에 공식 요청을 보
낼 겁니다. 오래 걸리지 않을 테니 지금 당장 짐 챙기시고요,
현장에서 뵙겠습니다.

젠슨의 전화가 끊겼다.

"뭐라나?"

피경철이 물었다.

"미국 정부에서 지금 당장 공식 파견 요청을 하겠답니다.
세계의 모든 지원 요청을 거절하고 오직 저 한 사람만······."

"……!"

그 말을 방증이라도 하듯 다시 전화가 울렸다. 이번에는 피경철을 찾는 전화였다.

—외교부장관입니다.

목소리가 나오자 피경철이 굳었다.

—방금 청와대 전화를 받았는데 이창하 검시관을 미국 뉴욕 참사 현장에 보내주셔야겠습니다. 지금 요청이니 2시간 안에 평택의 오산 공군기지로 보내주십시오. 그쪽에서 최단시간으로 질러가는 특별기를 띄운다고 합니다.

"……?"

—아, 그쪽 말이 손발이 맞는 보조 인력이 필요하다면 한두 명 정도는 동행해도 좋다는 부연이 있었습니다. 이창하 검시관에게 전해주시기 바랍니다.

"보조 인력?"

—서둘러 주세요. 동반 인력이 결정되면 신원을 알려주시고요.

외교부 장관의 전화가 끊겼다.

"동반 인력이라고요?"

말을 전해 들은 창하, 주저 없이 원빈과 광배를 호출했다.

"뉴, 뉴욕으로요?"

두 사람은 경악을 금치 못했다.

"검시하는 사람들에게는 숭고한 사명입니다. 하지만 최소한

1,400여 명의 사망이 예상된다니 트라우마가 생길 수도 있습니다."

창하는 현실을 직시시켰다. 한두 사람의 주검을 보는 건 이제 익숙해진 두 어시스트. 그런 그들이지만 대형 재난의 충격은 장담할 수 없었다. 그렇기에 두 사람의 의지가 중요했다.

"우리가 거절하면 이 선생님 혼자 가는 겁니까?"

"그래야겠죠."

"그럼 당연히 갑니다. 선생님 혼자 고생하는 꼴은 못 보죠."

원빈이 답했다.

"저도 물론이죠. 우리가 그래도 원 팀 아닙니까?"

광배도 주저하지 않았다.

"결정했으면 집에 전화하시고 준비하세요. 시간 없습니다."

백택의 메스를 집어 든 창하가 소리쳤다. 그야말로 전격 미국행이었다.

"잘 다녀오게."

주차장 앞에서 피경철이 손을 내밀었다. 성대한 환송식은 아니지만 국과수 직원 20여 명이 도열한 자리였다. 정문에는 경찰의 선도 차가 도착해 있었다. 그 또한 외교부에서 조치해 준 일이었다.

"고생 좀 해라. 괜히 미안해지네."

길관민이 창하 어깨를 두드렸다.

"잠깐만요, 잠깐만……."

차가 막 정문을 나설 때였다. 저만치에서 수아가 달려오고 있었다.

"이거요. 선생님, 아이스 아메리카노 좋아하잖아요. 가면서 드시고 잘하고 오세요."

그녀가 커피 몇 잔을 밀어 넣었다. 얼굴은 땀으로 젖었다. 시간에 맞춰 사 오느라 미친 듯이 뛴 모양이었다.

"고마워요."

창하가 답했다.

"원빈이 너, 선생님 잘 수행해. 괜히 깝치면서 선생님께 민폐 끼치면 귀국해서 나한테 죽는다."

수아가 원빈에게 주먹을 쥐어 보였다.

차는 그렇게 출발했다. 오산 공군기지의 특별기는 이미 이륙 준비가 끝났다는 전갈이 들어왔다. 시간을 다투는 일이었으니 국과수를 출발한 지 40여 분 만에 탑승을 했다. 그야말로 숨 돌릴 틈도 없었다.

디롱다로롱.

핸드폰을 비행기모드로 바꾸려 할 때 전화가 울렸다. 대통령 정병권이었다.

"대통령님."

창하가 답하자 안전벨트를 채우던 원빈과 광배가 동작을 멈췄다.

─미국으로 가시죠?

"예……."

―자랑스럽습니다. 자존심 강한 미국이 허용한 단 한 사람의 구조 지원단이라고 하더군요.

"고맙습니다."

―제 마음 같아서는 전용기라도 내주고 싶은데 다행히 미국에서 특별기를 준비했다고요?

"예, 지금 막 탑승을 했습니다."

―힘들겠지만 한국 법의학의 수준을 떨쳐주고 오십시오. 저도 5천만 국민들과 함께 응원하고 있겠습니다.

"염려 마십시오. 제가 할 수 있는 최선을 다하겠습니다."

―고맙습니다. 내 재임 기간에 당신처럼 멋진 검시관과 함께하게 되어서.

대통령의 통화가 끝났다.

"국가를 대표해 잘 임하고 오랍니다."

통화 내용을 둘에게 알려주었다. 광배와 원빈, 둘의 전의도 활활 불타올랐다.

얼마를 날아가자 원빈과 광배는 잠이 들었다. 창하는 잠들지 못했다. 지난번에 시험을 위해 가던 미국행과는 느낌이 달랐다. 그때까지만 해도 젠슨이 이렇게까지 신뢰하리란 생각을 하지 못했다.

―전 세계의 지원 제의를 거절하고 초청한 단 한 사람의 검

시관.

그 자부심을 가치로 보여줘야 하는 것이다.

'대형 재난…….'

머리에 시뮬레이션을 돌렸다. 팩트는 신원 파악이다. 다음으로 사인을 알아야 한다. 익사가 많겠지만 모든 사람이 익사인 것은 아니다. 폭발이 있었으니 질식사를 비롯해 다양한 사망 원인이 나올 수 있었다.

익사라면 신원을 밝힐 수 있는 건 지문이 우선이다. 다음으로 치아와 개인적 특징이 꼽힌다. 그러나 물에 빠진 사람들이다. 물에 오래 잠기면 손가락이 퉁퉁 불어터진다. 그런 상태의 지문은 아무짝에도 쓸모가 없었다.

가만히 백택의 메스를 바라보았다. 아시아를 구하기 위해 자신의 모든 것을 내려놓았던 방성욱. 이제 창하가 그를 위해 보답할 순간이었다.

투타타!

헬기가 요란하게 날았다. 한두 대가 아니었다. 허드슨 강변이 온통 헬기로 뒤덮인 것만 같았다. 일반 헬기도 있고 응급구조 헬기도 있었다. 미국은 그야말로 총력전을 벌이고 있었다.

"……!"

현장이 가까워지자 창하가 긴장하기 시작했다. 연기 때문이었다. 연기는 두 군데서 나고 있었다. 절반 이상 잠긴 크루즈와 그 앞쪽의 빌딩군이었다. 나중에 알았지만 크루즈의 비극은 크루즈만으로 끝나지 않았다. 거대한 폭발 잔해가 인접한 빌딩으로 날아가 화재를 낸 것이다. 빌딩에서 난 사망자만 해도 40여 명에 이르고 있었다.

크루즈선은 절반 이상 침몰 상태였다. 아직도 수백 척의 선박들이 현장을 누비며 인명 구조와 시신 인양에 전력하고 있었다. 크루즈 선박 근처에 몰린 크고 작은 배만 해도 50여 척을 헤아렸다.

"우와, 그냥 전쟁터네요."

헬기의 원빈이 신음을 터뜨렸다. 강변에 차려진 임시 지휘소와 시신 안치소가 보였다. 임시 텐트와 방수포, 냉장 트럭들이 즐비한 가운데 흰옷 입은 사람들이 무수히 오가고 있었다.

헬기가 내렸다.

"이창하 선생님?"

창하를 맞은 건 젠슨이 아니라 그의 펠로십 로건이었다.

"오시느라 고생하셨습니다. 박사님께 모시겠습니다."

로건은 간단한 인사와 함께 앞장섰다. 그의 부검복은 이미 강물과 피에 절어 황토색으로 보일 정도였다. 따라가면서 부검복을 꺼냈다. 원빈과 광배도 창하의 의도를 알았다. 그들 역시 짐 가방에서 부검복을 꺼내 들었다.

─이창하…….

─진짜 대한민국 국가대표로 왔다.

그 한마디를 중얼거리는 동안에 피가 뜨거워졌다.

"……!"

시신 안치소에 들어서자 현기증부터 일었다. 수습된 시신
이 인산인해를 이루고 있었다. FBI부터 경찰, 소방관에 의대생
자원봉사자까지 얽힌 현장이었다. 그럼에도 무질서하지는 않
았다. 현장 통제가 기막히게 이루어지고 있는 것이다.

"일단 이걸 패용하십시오. 그래야 어디든 출입할 수 있습니
다."

로건이 현장 검시관 ID 카드를 목에 걸어주었다. 그가 임시
로 만든 문을 열자 비로소 젠슨이 보였다.

"젠슨."

로건이 소리치자 창하가 말렸다.

"그냥 두세요."

그대로 젠슨에게 걸었다. 창하는 이미 부검 모드였고 원빈
과 광배도 마찬가지였다.

"이쪽이 신원 미상자들이군요?"

창하가 옆에서 묻자 젠슨의 눈이 휘둥그레졌다.

"이창하 선생님."

"미국이 요구하는 자격을 갖췄으니 바로 도와드려도 되는

겁니까?"

"당연하죠? 언제 오셨습니까?"

"그게 중요한 게 아닌 것 같은데요?"

창하가 라텍스 장갑을 당겨 손가락에 밀착시켰다.

"보다시피 상황이 이렇습니다. 지금까지 인양한 사체만 889명이고, 아이고, 방금 두 명이 올라왔으니 891명이군요. 그중에서 여권이나 ID 카드를 소지하고 있어 신원이 확인된 사람이 166명, 나머지는 신원 미상인데 이게 또 아시아계 관광객이 대다수로, 그룹 투어를 온 사람들이 많아서 더욱 그렇습니다."

"그렇군요."

"게다가 여권이나 ID 카드를 가진 사람도 재확인이 필요합니다. 다른 사람의 여권을 잠시 지니고 있을 수도 있으니까요."

"예."

"어떤 걸 맡겨야 할까요? 솔직히 말하면 저도 패닉 상태입니다. 과거의 테러 상황에서는 닥터 방이 진두지휘를 했습니다. 나는 그저 따르기만 하면 되었지요. 그런데 다시 이렇게 많은 시신이, 이렇게 많은 아시아인이 테러를 당하다니……."

"검지손가락 기준은 변함없겠지요?"

"그걸 아십니까?"

"DNA 채취 우선이고요?"

"맙소사, 당신은 이미 우리 매뉴얼을 알고 있군요?"

"시간이 없으니 일단 지문부터 채취하겠습니다."

"그게 좋겠습니다. 설명이 필요 없는 분이니 현장 지휘권을 드리겠습니다."

젠슨이 초록 표식을 꺼내 창하 ID 카드에 붙여주었다.

"필요한 게 있으면 로건에게 말씀하십시오. 우리 검시관들이 80여 명 정도 와 있으니 필요하면 얼마든지 지원해 드리겠습니다."

"그럼 초급 검시관 몇 명과 어시스트를 할 만한 사람 10여 명을 부탁합니다. 의대생들이 자원봉사를 온 것 같던데 그들 몇 명이면 됩니다."

"장비나 약품은요? 뭐든지 말씀만 하십시오."

"다 필요 없고 물을 끓일 수 있는 정도면 됩니다."

그 말과 함께 창하가 움직였다.

"두 분 선생님."

수많은 익사자를 바라보며 창하가 입을 열었다.

"네, 선생님."

"힘드시겠지만 이 자리에서는 우리가 대한민국을 대표하는 국가대표 검시팀입니다. 그걸 명심하고 행동하세요."

"예."

"그럼 시작할까요?"

"헬기에서 말씀하신 단백질 응고 현상법입니까?"

"시신들 상태를 보니 그게 최고의 효율을 낼 것 같습니다.

일부 적용이 어려운 시신은 제가 다른 방법을 강구하겠습니다."

"알겠습니다."

대답과 함께 창하 팀이 출격했다. 젠슨이 지원한 인력은 열여덟 명이었다. 검시관이 다섯 명이고 어시스트가 열세 명으로 구성되었다. 그들을 다섯 팀으로 나눠 업무를 지시했다. 원리는 너무나 간단했다.

"물에 불어터진 손가락을 뜨거운 물에 담갔다가 지문을 뜨는 겁니다. 시범을 보여드리겠습니다."

창하가 말하자 일부 검시관이 고개를 갸웃거렸다. 아시아에서 온 검시관. 현장 법의학 총책임을 맡은 젠슨의 초청이라기에 미라의 지문을 뜨는 글리세린-포름알데히드 조합처럼 기발한 첨단 기법을 들고 온 줄 알았다. 그런데 고작 뜨거운 물?

"저게 되겠어?"

"그러게. 젠슨 박사님이 사람 잘못 본 거 아니야?"

뒷줄에서 수군거림이 나왔다. 하지만 그들의 수군거림은 단 3분 만에 끝나고 말았다. 딱 3분, 온갖 방법을 놓고 격론을 벌이던 미국 검시관들 코앞에 보란 듯이 성과를 내놓은 것이다.

"오 마이 갓."

그들이 자지러질 때 창하는 이미 세 번째 지문을 뜨고 있었다.

"뭐 합니까? 다들 네이처 논문 쓰러 온 겁니까? 지금 여기서 필요한 건 빛나는 이론이 아니라 지문채취입니다."

창하의 불호령이 떨어졌다. 그제야 미국 검시관들이 지문채취에 합류했다. 처음이라 버벅거리는 사람들도 있었다. 그들에 대한 지도는 원빈이 맡았다.

"우!"

다들 혀를 내두른다. 단백질 응고 현상 하나로 현장을 장악하는 창하였다.

미국 국가안보부는 FBI의 차세대 식별 시스템을 제공해 신원 파악에 속도를 보태주었다. 최첨단 컴퓨터 알고리즘도 창하의 뒷줄에 설 수밖에 없었다.

신원은 다양하게 나왔다. 한국 사람도 있고 중국인, 일본인, 태국인, 싱가포르, 말레이시아……. 그들 중에 미국인과 유럽인 등도 섞였으니 테러의 목적으로는 최고였다. 전 세계의 이목이 제대로 집중된 것이다.

절반 이상의 채취가 끝나자 속도가 붙기 시작했다. 미국 검시관들도 익숙해진 것이다.

폭발로 지문이 날아간 사람에게는 차선의 방법을 동원했다. 치아 감별이었다. 창하는 치아만으로도 많은 사람의 국적을 감별해 냈다. 미국 검시관들의 입이 한 번 더 벌어졌지만 별것도 아니었다. 각국의 치과의사들은 서로 다른 치료법을 쓰기 때문이었다. 그렇기에 치료받은 이빨을 보면 어느 나라 사람인지 구분이 가능했다. 100%는 아니지만 엄청난 효율성인 것은 두말할 필요가 없었다.

미국 검시관들은 창하와 눈이 마주치면 엄지부터 세워 보였다. 어느새 마음으로 인정하는 그들이었다.

"이 선생님."

소식을 들은 젠슨과 안보실장이 현장으로 달려왔다. 그는 경악했다. 도무지 속도가 나지 않던 지문채취가 거의 끝나가는 것이다.

"이제 아시겠소?"

그가 옆에선 실장에게 말했다. 실장의 눈이 실룩거리는 게 보였다. 창하 초청에 대해 젠슨과 이견이 있었던 눈치였다.

"이분이 바로 이창하 선생이며 이게 바로 이유입니다. 내가 당신들 관료들의 질타까지 받으며 극구 이분을 요청한."

"……"

관료의 시선이 한풀 더 떨어졌다. 현장은 언제나 두 개의 상황과 싸운다. 현장에 벌어진 사건 자체와, 현장을 행정으로 지배하려는 관료들…….

그걸 아는 창하가 슬쩍 엄지를 세워 보였다. 젠슨 역시 은밀하게 엄지로 답했다. 현장인들끼리만 통하는 뜨거운 공감이었다.

*　　　　*　　　　*

지문채취가 본궤도에 오르니 창하는 다음 부검으로 넘어갔다. 이번에는 폭발 순간, 근처에서 폭사한 사람과 빌딩 화재로 소사한 사람들이었다. 전자는 참혹했고 후자는 참담했다. 그들 외에 소방관의 시신도 여럿이었다. 폭발로 기운 크루즈에 불이 붙자 투입된 소방관들이었다. 그들은 초대형 선박에 갇힌 사람들을 구하기 위해 사투를 벌이다 희생되었다. 그쪽 파트 역시 이미 투입된 검시관과 병리과 전공의들이 있었다. 한 검시관이 박살 난 사지를 맞추는 모습이 보였다.

"도와드려요?"

창하가 다가가 물었다.

"예?"

그녀가 고개를 들었다.

"한국에서 온 이창하입니다."

이름을 말하고 조각 맞추기를 도왔다. 이 시신은 폭사자였다. 100kg은 가볍게 넘을 것 같은데 사지가 거의 제자리에 없었다. 창하가 무릎 아래를 맞춰주고 손목도 맞춰주었다. 여러 개의 시신 파편을 주인에게 붙여놓는 것 또한 쉬운 일은 아니었다.

"레일라예요."

그녀가 이름을 밝혔다. 검은 흑발 사이로 반짝이는 초록 눈동자가 인상적이지만 표정은 그리 살갑지 않았다.

이 파트에는 신체의 조각들이 많았다. 이런 조각이라면 아주 특징적인 경우를 제외하고는 매 조각의 유전자 검사가 동반되어야 한다. 혹시라도 다른 사람의 시신 조각이 끼어들면 안 되기 때문이다. 그 원칙의 기준이 바로 검지손가락 크기였다.

젠슨은 그 줄의 끝에 있었다. 시커멓게 타버린 시신 앞에서 골똘하고 있다. 그러다 창하를 불렀다.

"범인 중의 한 명입니다."

젠슨이 말했다. 간이 부검대 위의 시신은 왼쪽이 절반가량 날아가고 없었다. 그 말은 곧 그의 왼편에서 폭탄이 터졌다는 뜻이었다. 그렇다고 남은 절반이 온전한 것도 아니었다. 마치 산불에 그을린 사슴과 다르지 않은 것이다.

"보시죠."

젠슨이 동영상 하나를 틀어놓았다. 화면에 세 사람이 나왔다. 한 명은 백인이고 둘은 중동인이었다. 대담하게도 범행 직전의 영상이었다. 부검대에 올라온 시신은 맨 뒤에 있던 인물이다. 앞의 두 사람에 가려 얼굴은 보이지 않는다. 다만 옷차림으로 인해 구분이 된 것이다.

"미국인의 지구 멸종을 위해."

IS 상징 아래서 맹세를 한다.

"시간을 보세요. 폭발 3분 전입니다."

젠슨이 화면 하단을 가리켰다. 모든 준비를 마친 그들의 선전포고였다. CIA는 이 화면을 알았다. 즉시 세 사람의 신원 조회에 들어갔다. 그러나 크루즈는 그 신원 조회가 나오기도 전에 폭발해 버렸다. 화면에 한 사람만 보이는 걸 보아 다른 둘은 장소를 옮겼다. 생사는 아직 파악되지 않았다.

"문신도 없고 그 흔한 피어싱도 없어요. 파편을 회수하며 내장을 확인했는데 수술의 징후도 없고……."

젠슨이 파편을 바라본다. 몸에서 회수한 것으로 대략 보기에도 100여 개를 넘었다.

"제가 좀 봐도 될까요?"

"그러세요."

젠슨이 자리를 비켜주었다. 창하가 시신 체크에 들어갔다. 보통 부검의라면 보는 것만으로도 몸서리를 칠 일. 그러나 창하는 곳곳의 뼈까지 확인에 들어가고 있었다. 총상은 없었는지 골절은 없었는지도 확인하는 것이다.

그러는 사이에 다른 파편들을 골라냈다. 뼈와 뼈 사이도 헤집는다. 부검의들은 이럴 때 가장 긴장한다. 라텍스 장갑 사이에 목장갑을 끼고 그 위에 또 하나의 라텍스 장갑을 낀다. 그럼에도 핏덩이인 몸을 뒤지다 보면 살을 찔리는 경우가 많았다. 감염의 위험을 감수해야 하는 것이다.

톡, 톡!

파편이 하나둘 늘어났다. 때로는 1달러 동전보다 큰 것도 나왔다. 젠슨이 이미 한 번 뒤졌던 사체였다. 그럼에도 또 다른 파편을 찾아내니 놀라울 뿐이었다.

바디 체크가 끝나자 머리로 향한다. 창하의 마무리 시선이 머문 곳은 귀였다. 귀는 절반 이상 날아갔으니 딱히 볼 것도 없었다. 그곳을 뒤집어 두개골 표면을 드러나게 만들었다. 그러자 왼쪽 유양돌기에 작은 구멍이 보였다.

"그것?"

젠슨이 다가왔다. 그는 보지 못한 손상이었다.

"이번 폭발의 상처는 아닙니다. 아마도 의료시설이 좋지 않은 곳에서 유양돌기염을 수술한 것 같습니다. 귀 뒤의 피부가 멀쩡했다면 6—7㎝ 정도의 절개선이 있었을 겁니다."

"이 선생님."

"치료 약이 변변치 않은 곳에서 더러 사용하는 방법이죠. 뼈를 긁거나 구멍을 내서 고름 덩어리를 빼내는 것 말입니다. 큰 건은 아니지만 사망자의 신원을 파고 들어가는 데 작은 참고가 되리라 봅니다."

"……"

젠슨은 놀란 입을 다물지 못했다. 지금 이창하의 모습은 어쩐지 낯이 익었다. 바로 방성욱의 포스였다.

"이 시신의 치아 식별 말입니다. 법치의학 전문가를 기다리시는 모양인데 괜찮다면 제가 해도 될까요?"

"……!"

이제 젠슨은 대답하지 못했다. 지금까지 보여준 분위기라면 법치의학도 문제가 없을 창하였다.

"법치의학도 공부를 했습니까? 신원 파악 현장에서도 빛을 발했다고 하던데."

"방성욱 선생님은 어땠습니까?"

"그 친구야 못 하는 게 없는 올라운드 플레이어였지만……."

"희귀한 유형의 부정교합을 가졌습니다. 이런 경우라면 100명당 4명 정도에 불과합니다. 앞니 역시 서로 다투듯 반대쪽으로 돌아가 있군요. 나아가 대문니에도 치아결절이 보입니다."

"……?"

"이 정도면 진행해도 되겠습니까?"

"이 선생님……."

"아시겠지만 치아 역시 개별적인 특성을 가지고 있습니다. 32개의 이빨은 자연적인 특성을 가진 다섯 개의 표면으로 이루어집니다. 살아가는 동안 조금씩 손상되는데 이 시신의 이빨은 손상도가 아주 심합니다. 좋은 집안에서 잘 가공된 음식을 먹고 자라지 못했다는 증거지요."

"……?"

창하의 손은 능숙하게 움직였다. 석고 재료가 오자 순식간에 위아래의 턱에서 석고본을 뜬 것이다. 내친김에 다른 소사시신에서도 석고본을 떠버렸다. 시신을 구분할 수 있는 자료는 많을수록 좋았다.

젠슨은 창하에게 완벽하게 빠져 있었다. 그건 대참사만큼이나 몽롱한 느낌이었다. 창하에게서는 매 순간 방성욱의 분위기가 나왔다. 그러나 정신을 차리고 보면 그냥 창하였다. 자기가 초청하고도, 황나래의 부검 현장에서 기막힌 술식을 보고서도 다시 한번 눈을 의심하는 젠슨이었다.

"이 선생님."

치아 식별이 끝나갈 때 또 다른 시신이 도착했다. 그걸 가져온 사람은 로건과 광배였다. 다른 검시관들이 고개를 저으니 그걸 맡아줄 사람은 역시 창하뿐이었다.

"······!"

시신을 본 창하와 젠슨이 동시에 놀랐다. 사람이라기보다는 불에 탄 숯 덩어리가 온 것이다. 폭발물 근처에 있었던 사람 같았다. 폭발과 함께 허공으로 치솟았다가 단단한 바닥에 떨어졌다. 그 충격으로 몸은 완전하게 '깨져' 있었다.

손발은 물론이고 가슴 아래쪽이 하나도 보이지 않았다. 그나마 머리카락과 목이 붙어 있어 사람으로 보였다. 그렇지 않았으면 화물이나 짐 덩어리로 보일 정도였다.

"될까요?"

로건이 물었다.

"당연히요, 몇 가지가 부족하지만 여전히 사람이니까요."

창하가 시신을 접수했다. 젠슨도 함께 도왔다. 일단 뭉개진 머리를 만져 형태를 잡아주었다. 가슴팍에 멋대로 튀어나와 부러진 갈비뼈도 제자리에 맞춰 넣었다. 그래야 엑스레이 촬영이 가능하기 때문이었다. 젠슨과 창하는 손발이 제대로 맞았다. 젠슨이 외표를 검사하는 사이에 창하는 하악골의 일부를 찾아냈다. 재 덩어리를 치우니 치아와 크라운이 드러났다. 눈덩이를 닦아주니 눈썹도 대략 보였다. 일부 손상된 눈을 열어 콘택트렌즈도 발견했다. 그걸 봉투에 넣고 라벨지를 붙이자 로건이 엄지를 세워주었다. 그들은 엄두도 못 내던 일이었지만 창하는 10여 분 만에 의미 있는 식별물들을 찾아낸 것이다.

크루즈 테러 최악의 시신은 그다음에 만나게 되었다.

"……!"

창하도 할 말을 잃었다. 창하 옆의 원빈과 광배도 그저 침묵이다. 그건 시신이 아니라 불에 구운 꽃게처럼 보였다. 불타다 만 복장으로 보아 소방관이었다. 불에 탄 것으로도 모자라 불에 튀겨져 나온 시신이었다.

"선박 화재 진압 중에 2차 폭발이 있었고 그때 날아간 모양입니다. 선박의 증기관 안에 떨어져……"

110도.

창하의 시선은 체온에 있었다. 뉴욕 의대의 자원봉사 학생이 체크한 체온이었다. 무려 110도였다. 이런 건 방성욱의 기억 속에도 없었다.

시신은 바짝 웅크리고 있었다. 뜨거운 열기를 느낀 근육이 미친 듯이 수축 현상을 보인 것이다. 이 정도의 수축이라면 뼈도 부러진다. 창하의 짐작은 그대로 적중했다. 입안을 보기 위해 손발을 펴려 하자 두둑, 골절 소리가 들린 것이다. 입이 확보되자 기도의 거품이 보였다. 열기로 기도가 녹아버리면서 폐에 액체가 그득해졌다.

밖으로 드러난 몇몇 동맥과 정맥은 나무젓가락처럼 붙었다. 머리를 열면 뇌 또한 열기로 굳어버렸을 게 틀림없었다.

"빌어먹을 테러……."

참상을 지켜보던 로건이 치를 떨었다. 그러나 치를 떠는 것만으로 신원 파악은 해결되지 않았다. 창하는 원빈의 도움을 받아 남은 수축 현상을 풀었다. 그러자 무릎에 가려져 있던 가슴팍의 명찰이 보였다.

[echel].

앞쪽의 몇 자는 폭발에 타버렸다. 그 옷을 조심스레 잘라 냈다. 안쪽 셔츠에 남은 이름이 숨어 있었다. 그의 이름은 Mechel이었다.

'후우.'

그제야 숨을 돌리는 창하. 소방관의 신원은 해결이 되었다.

엿새 밤낮을 분투했다. 그제야 밀린 시신들이 하나둘 줄어

들기 시작했다. 그사이 창하의 모습은 CNN과 로이터를 비롯해 수많은 방송과 통신사들을 통해 세계로 전파가 되었다. 정작 창하는 그런 사실조차 몰랐다. 익사 직전의 사람들이 필사적으로 구조를 바라듯, 창하의 신원 파악 역시 필사적이었다. 애타는 가족들에게 생사를 알려줘야 했고, 만약 죽었다면 시신을 제대로 돌려줘야 했다.

뉴욕 공항은 인산인해였다. 크루즈에 탑승한 것으로 알려진 각국의 가족들이 날아온 것이다. 대부분의 가족들은 자국 외교관들의 수행을 받았다. 허드슨강은 또 한 번 통곡으로 물들었다.

—중국인 519명
—일본인 166명
—말레이시아 139명
—태국인 52명
—한국인 28명
—미국인 51명
—기타 유럽인과 중동인 49명

수습된 사망자만 1,000여 명을 넘었다. 기타 병원에 실려 간 사람들과 아직 발견하지 못한 익사자를 더하면 1,100명에 육박할 거라는 예상이 나왔다. 미국 정부가 돌렸던 시뮬레이 선보다 조금 낮지만 위로가 되지는 않았다.

"이 선생님."

햄버거 하나로 끼니를 달래고 고난도 부검을 마친 후였다. 복도로 나오니 젠슨이 창하를 불렀다. 그의 곁에 누군가 서 있었다.

"우리 대통령이십니다."

젠슨의 소개가 있고 나서야 그를 알아보았다. 방송에서 보았던 미국 대통령이었다.

"당신의 활약을 들었습니다. 고맙습니다."

대통령이 악수를 청해왔다.

"보시다시피 손이 더럽습니다만."

"더러운 게 아니라 숭고한 거죠."

대통령은 개의치 않았다. 글러브를 낀 채 악수에 응했다.

찰칵!

백악관 수행 사진사가 카메라에 담았다. 그 장면은 두고두고 명장면으로 강조가 되었다.

"기자들이 당신과의 인터뷰를 원하고 있습니다."

"인터뷰?"

창하가 젠슨을 돌아보았다.

"이제 한숨 돌렸습니다. 그동안은 신원 파악에 정신이 없어 막아두었는데 더는 막을 수가 없군요."

젠슨이 문밖을 가리켰다. 기자에 더불어 각국 희생자들의 가족과 관료들까지 수백 명은 되어 보였다.

"다들 이 선생님을 보겠다고 기다리고 있었습니다. 일부는 하루가 넘은 분들도 있고요."

"왜 저를?"

창하가 물었다.

"몰라서 그러십니까? 이번 테러는 참극이기에 영웅이라는 말을 붙일 수 없지만 이 끔찍한 테러의 조기 수습에 최고의 기여를 한 사람은 바로 당신입니다."

"젠슨······."

"이 비극의 현장에 당신 같은 사람이 있었다는 것. 슬픔에 잠긴 모두에게 위로가 될 겁니다."

젠슨이 입구를 가리켰다. 대통령까지 합세하니 창하가 거절하기 어려웠다.

"우 선생님, 천 선생님."

부검대를 정리하던 둘을 불렀다.

"우리도요?"

창하의 의도를 알아챈 광배가 기겁을 했다.

"선생님들도 누구보다 수고하셨어요. 제가 가는 자리라면 두 분도 갈 수 있습니다."

창하가 둘을 잡아끌었다. 늘 음지에서 수고하는 어시스트들. 그들의 몫까지 혼자 누릴 생각은 없었다.

창하가 나오자 모든 카메라가 집중되었다. 희생자의 가족들

사이에서 어린 소녀가 걸어 나왔다. 그녀가 창하에게 흰 수선화 한 송이를 바쳤다.

"Mechel의 딸입니다. 증기 속에 빠져 신원 파악이 어려웠던⋯⋯."

젠슨이 귀띔을 해주었다. 아이의 눈높이에 맞춰 무릎 하나를 접었다.

"미안해. 아빠를 일찍 알아보지 못해서."

창하가 속삭였다.

"아니에요. 아빠도 이해하실 거예요."

소녀도 속삭였다. 미국행 비행기에 몸을 실으면서부터 시작된 긴장과 피로가 그 한마디에 풀려 나갔다. 그로부터 약 30분의 기자회견이 진행되는 동안 소녀는 창하 곁에서 떨어지지 않았다.

창하 앞에는 어려운 신원을 밝혀준 가족들의 꽃이 차곡차곡 쌓여갔다. 추모를 위해 나온 뉴욕 시민들의 꽃도 쌓여갔다. 나중에는 흰 산을 이룰 지경이었다. 창하는, 그 꽃과 함께 불의의 객이 된 희생자들 모두가 하얀 천국으로 들어가기를 바랐다.

기자회견이 전 세계의 전파를 타자 정병권의 격려 전화가 들어왔다.

─정말 자랑스럽습니다.

서필호와 장용갑의 전화도 이어졌다. 국과수 원장과 피경철

소장 등도 빠지지 않았다. 원빈과 광배도 격려 전화를 받느라 숨 돌릴 틈이 없다.

"선생님."

결국 원빈이 다가와 창하 가슴에 얼굴을 묻었다. 이 순간만은 검시관이, 부검의가, 그렇게 어둡고 칙칙한 직업만은 아니었다.

제3장

—

신들린 사인분석

"……!"

창하의 숨이 벅참으로 막혀왔다. 뉴욕검시센터였다. 복도에서 두 번째 방, 거기 들어선 창하가 단숨에 압도된 것이다. 스테인리스 부검대에 세월이 차곡차곡 깃들었다. 마치 뱃머리처럼 하늘을 보며 끝이 휘어진 구조가 푸근해 보였다. 배수통은 싱크대와 붙었고 부검대 아래에는 저울이 달렸다. 장기나 뼈 등의 무게를 재는 용도다. 포르말린 통도 보인다. 그 앞에 버티고 있는 텅 빈 증거물 보존함에 젠슨의 모습이 비쳤다. 한순간 그가 방성욱처럼 보였다.

─어서 오시게.

말도 건네는 것이다.

'선생님······.'

손을 내밀어 보존함을 쓰다듬었다. 부검대도 만져보고 배수통도 두드려 본다.

─어이, 와줘서 고마운데 막 만지지는 말라고.

─부검대 위의 고인들이 시끄럽다고 할지도 몰라.

그가 창하를 말린다. 그래도 상관없다. 여차하면 부검대 위에 올라가 누워볼 생각도 있었다.

"여기서 닥터 방을 처음 만났죠."

젠슨이 오랜 회상을 불러냈다.

"2년간의 전문 훈련을 마치고 법의관 전문의 시험을 치른 얼마 후였죠. ME 합격은 확신했기에 구경 삼아 방문한 날이었습니다. 찰스와 토머스, 밀턴, 알렉산더 박사님 등의 쟁쟁한 거물들 사이에 닥터 방이 있었습니다. 솔직히 그분들 어시스트 중 한 명인가 했어요."

젠슨의 말을 따라 그림이 그려진다. 당대 최고의 법의관들과 나란한 방성욱의 포스······.

"그런데 놀랍게도 부검 집도를 닥터 방이 하더라고요. 그것도 그 양반들의 주문을 받아가면서요."

방성욱의 메스가 길을 튼다. 법의병리학, 법혈청학, 법독물학을 좌지우지하는 그들이 방성욱을 통해 보다 과학적인 사인을 추적하고 연구하는 것이다.

"박봉에 뉴욕검시센터 근무를 제의받았던 저로서는 좀 튕겨보려고 했던 건데 그 마음이 싹 사라지고 말았습니다. 닥터 방에 비하면 저는 깜도 아니었거든요."

그런 방성욱이었다. 법의학 교수에게 부시장의 영광까지 내주는 법의학 1번지 뉴욕대학교. 그곳의 교수진들에게 실전을 설파할 정도로 부검에 탁월했던 실력자.

"그는 시신이라면 악취까지도 분석하려고 들었죠. 예를 들면 부패한 시신의 수포까지도 말입니다."

젠슨이 정다운 몸서리를 친다. 부패한 시신에는 수포가 있는 경우가 많았다. 수포들은 때론 미색이거나 붉은색을 띤다. 부검의들은 수포를 주의 깊게 다룬다. 만약 실수로 터뜨리기라도 하면 부검실이 독가스(?)로 가득 차게 된다.

공기정화 시스템이 있기는 하지만 곤혹스러운 일이 아닐 수 없다. 방성욱은 그 독가스(?)조차도 분석의 대상으로 삼았다. 농도와 냄새만으로도 부패의 장소와 기간을 알아내려고 노력했던 것이다.

방성욱 자취의 백미는 부검실 끝에 딸린 작은 방이었다. 그걸 여니 무쇠 솥단지가 보였다. 영락없는 미국판 가마솥이었다.

"뭔지 아시겠습니까?"

젠슨이 그 앞에서 물었다.

"법인류학을 위한 기구네요."

창하는 한 번에 알았다. 정체불명의 뼈가 들어오면 삶아대는 기구였다. 골반 모형에 맞춰보려면 뼈를 삶아서 너저분한 잡티들을 없애야 한다. 남에게 의존하지 않는 노력과 집념이 방성욱을 부검의 대가로 만든 것이다.

"어떻습니까?"

젠슨이 묻지만 창하는 차마 답하지 못했다. 창하의 오늘은 방성욱이 시작이었다. 그가 아니었다면 창하는 지금 종합병원이나 대학병원의 페이 닥터로 일하고 있을 것이다. 병리사들이 만들어준 조직표본에 현미경이나 들이대고 수술장에서 나온 조직세포가 암인지 아닌지를 골라내면서…….

월급은 국과수보다 2배 이상 많을 것이다. 좋아하는 해외여행도 여러 차례 갔을 테고 선배들 꽁무니 따라다니면서 대학교수 자리 알아보려고 비위를 맞춰댈 것이다. 갓 들어온 인턴이나 전공의 1-2년 차들 앞에서 폼도 잡을 테고 지금처럼 피에 얼룩진 부검복을 가까이하지도 않을 것이다.

얼핏 보기에는 그 길이 좋아 보이지만 이제는 아니었다. 그 어떤 자리를 차지했다고 해도 부검만큼 보람을 주지는 못했을 것이다.

"죄송하지만……."

나갈 즈음에 창하가 조심스레 입을 열었다.

"부검대에 한번 누워봐도 될까요?"

방성욱과의 일체감이다. 꼭 한번 해보고 싶던 일이었다.

"조건이 있습니다."

창하의 요청에 젠슨이 토를 달아놓았다.

"저도 같이 누워도 된다면 수락하죠."

젠슨이 웃었다. 그는 방성욱의 기행을 알고 있었다. 그때는 이해가 되지 않았다고 했다. 그러다 방성욱이 떠난 후에야 알았다. 그런 기행조차 시신과 사인에 접근하기 위한 방법들이었다는 걸.

"한 번만 같이 누워볼 걸 하는 후회가 있었거든요."

그의 차라리 솔직했다.

둘이 함께 부검대에 누웠다. 눈을 감으니 방성욱의 숨결이 느껴졌다. 어쩌면 젠슨의 숨소리였을지도 모르지만 행복한 체험(?)이었다.

"이창하 선생을 소개합니다."

뉴욕검시센터 방문이 끝난 후에는 뉴욕시장의 초청 만찬이 있었다. 이 자리에는 저명한 미국의 법의학자들과 검시관들이 대거 참석을 했다. 창하는 젠슨과 함께 등장을 했다. 직전에 안 일이지만 젠슨 역시 뉴욕의 부시장 대우를 받고 있었다. 그만큼 뉴욕은 법의학과 친화적이었다.

말은 만찬이지만 식사는 특별하지 않았다. 뉴욕은 여전히 테러의 공포와 슬픔 속에 있었다. 이제야 조금씩 안정을 찾아가는 중이었다.

"이만하면 진수성찬인데요."

원빈이 접시를 당겼다. 테이블에 차려진 건 미국의 일반식으로 불리는 샌드위치와 프렌치프라이, 치킨 수프 정도였다. 그럼에도 진수성찬이라고 말하는 건 신원 식별 현장에서 먹은 식사들 때문이었다. 자원봉사자들이 만든 요리는 나쁘지 않았지만 창하 팀은 그걸 누릴 시간을 아꼈다. 그렇기에 툭하면 햄버거에 콜라를 욱여넣고 전장을 누볐다. 허드슨 강변에서 울부짖는 유족을 두고 차마 편한 식사를 할 수가 없었다.

식사 후에 많은 사람들과 교분을 나누었다. 특히 인상적인 건 러시아에서 귀화한 부검의 니콜이었다. 30대 중반의 그녀는 여자답지 않게 전사(戰死) 부검에 독보적이었다. 그렇기에 러시아 정부에서 묻고 가려는 희생자의 주검을 만방에 밝히고 미국행을 택한 사람이었다.

"동양 3국의 미궁 살인, 흥미 있게 보았어요. 언제 시간이 되면 이야기 좀 들려주시겠어요?"

그녀는 창하에게 호감을 보였다. 창하가 아니라 부검에 관심을 갖는 것이다.

"저도 전사 부검이 궁금하네요."

창하가 답했다. 전쟁과 관련한 주검도 복잡한 규명이 필요했다. 총기는 물론이거니와 폭발물에도 정통해야 한다. 나아가 생물과 화학전에 대해서도 일가견이 있어야만 하는 일이었다.

"처음에는 어려워 보이지만 알고 보면 간단해요. 오히려 민간 부검이 어렵죠. 간단한 것 같지만 오히려 더 복잡하더군요. 마약만 해도 머리가 아플 지경이에요."

그녀가 고개를 저었다.

밀턴 헬펀 상을 탄 사람들도 줄줄이 만났다. 특히 법혈청학 전문가인 레이폴드는 노벨상 후보에까지 이름이 오르내린다니 과연 미국은 인재의 바다였다.

그런 그들도 창하에 대한 관심은 뜨거웠다.

"닥터 방의 부검을 고스란히 다운로드 받은 분입니다. 제가 보증하죠."

젠슨의 소개가 한몫을 했는지도 모른다. 다운로드라는 말에 창하가 흠칫 반응을 했다. 그보다 더 정확한 표현은 없는 것 같았다.

'방성욱 선생님……'

그 이름을 생각했다. 지금은 그 이름에 얹혀 관심을 받는 창하. 다음에 이들을 만나게 되면 이창하의 이름으로 각인되리라 다짐을 했다.

만찬 후에 공항으로 향했다. 원빈과 광배에 대한 배웅이었다. 허드슨강 테러로 인한 신원 파악이 끝났으니 둘은 먼저 귀국을 해야 했다.

"선생님."

원빈이 섭섭한 표정을 지었다.

"그동안 고생하셨으니까 편히 쉬면서 가세요. 소장님께 따로 말씀드렸으니까 포상 휴가 며칠 주실 겁니다."

창하가 말했다.

"고생이야 선생님이 하셨죠."

"아닙니다. 쉽지 않은 결정이었고, 쉽지 않은 여정이었습니다. 귀국하면 심리 상담도 부탁해 두었으니 조금이라도 문제가 보이면 바로 체크받으세요."

"우리는 괜찮습니다. 트라우마가 아니라 프라이드였는걸요. 선생님이 아니었다면 언제 우리가 이렇게 많은 나라 사람들을 위해 봉사해 보겠습니까? 게다가 꼬박꼬박 저희를 대해주셨습니다. 기자회견부터 만찬장까지… 다른 분들 같으면 혼자만 다녔을 텐데…… 데려와 주셔서 고맙습니다."

나이 많은 광배가 정리를 하고 나섰다. 마음을 나눠주니 마냥 고마울 뿐이었다.

뜨거운 포옹을 하고 두 사람을 보냈다.

"이제 가실까요?"

창하를 수행해 온 로건이 다가왔다.

"그러죠."

창하도 마음을 다듬었다. 혼자 남았다고 해서 썩은 정치인들처럼 관광 여정을 즐길 것도 아니었다. 한시가 아까운 미국의 여정이다. 테러로 인한 대형 재난의 신원 파악은 끝났지만 창하의 스케줄은 이제부터 시작이었다.

끼익!

차가 한적한 농장 앞에 멈췄다. 이 농장은 아주 특별했으니 기르고 있는 것이 바로 '시신'이었다. 이름하여 시신 농장이다. 농장 안에는 기증된 시신을 대상으로 시신 농사가 경작(?)되고 있다. 다양한 방법으로 시신을 방치 혹은 은폐해 놓고 시간의 경과에 따른 시신의 변화를 살피는 것이다.

"혹시 아세요?"

안내자를 따라 걸으며 로건이 물었다.

"이 농장의 기원 말인가요?"

창하가 답했다.

"젠슨 박사님 말이 닥터 방에 정통한 당신이라 아마도 알고 계실 거라고……."

"원래 자그맣게 실험되던 것을 유력 정치인을 만나 담판을 지어 상설화시켰다는 것만 알고 있습니다."

"오, 역시……."

로건이 감탄사를 토했다.

마침 한쪽에서 낮은 숲에 매장한 시신을 꺼내고 있었다. 당연히 구더기와 벌레들이 바글거렸다. 연구원들은 그 벌레들을 소중하게 채집했다. 아울러 부패의 과정도 빠뜨리지 않았다.

사망 시각을 역산하는 데 필수적인 과정이었다.

사망 시각을 밝히는 건 유물 감정과도 통한다. 어떤 유물이 언제 만들어졌는지를 정확히 알기는 어렵다. 특히 역사에 언급되지 않는 유물들은 더욱 그렇다. 학자들마다 주장하는 시기도 다르다. 그건 정확히 말하자면 '나도 잘 모르겠어'의 다른 말이 될 수 있었다.

그 연장선에서 보면 사망 시각이란 합리적인 추측에 불과하다. 그 추측을 과학으로 바꿔놓으려고 노력하는 모습이 바로 이 시신 농장의 존재 가치였다.

사망 시각이 달라지면 범인의 알리바이도 달라지기 때문이다. 목격자도 달라진다. 한마디로 범인 검거가 물 건너가는 것이다.

시신 농장은 부러울 뿐이었다. 한국에서는 말도 꺼내지 못할 일이 분명했다

—어디 어디 일대에 시신 농장을 만들겠습니다.

어떤 결과가 일어날까? 근처 주민들이 들고 나서고 지역 정치인들이 나서고……. 미국처럼 다양성이 존재하면서 땅 넓은 나라가 아니면 엄두도 못 낼이었다.

"이 선생님."

검시센터로 돌아오자 젠슨이 창하를 반겼다.

"미안합니다. 제가 안내해야 하는데 법정 증언이 예정되어 있어서 말이죠."

"괜찮습니다."

창하가 겸손히 답했다.

"한국은 어떻습니까? 우리 미국은 법정 증언도 업무의 중요한 축이 되어버렸습니다. 덕분에 부검할 시간이 점점 더 줄어들고 있지요."

"저희는 반대쪽입니다. 법정 증언을 나갈 때도 있지만 대부분 닥치고 부검이죠. 현장 나가볼 시간도 없는 경우가 많습니다."

"역시 지구 반대편 나라라 반대 현상이 일어나는군요."

"예……."

"어떻습니까? 그동안 너무 무리하셔서 좀 쉬어야 하는데 선생님이 괜찮으시다니 일정을 짜드리고는 있는데 아무래도 걱정이 되네요."

"정말 괜찮습니다. 방성욱 선생님도 그러지 않으셨나요?"

"그건 물론입니다만. 빌딩 테러로 수천 명이 희생되었을 때 거기서 분투하던 닥터 방은 이번 사태에서 분투하던 당신과 거의 복사본이었습니다."

"그러니 염려 마시고 저를 굴려주십시오. 일을 시켜도 좋고 가르침을 주셔도 좋습니다."

"그러시면 저를 좀 도와주십시오. 지금 저희 센터에 어려운 부검이 몇 건 들어와 있는데 다 정밀 부검이 필요한 것들이라 우리 인력만으로는 한계가 있습니다."

"기꺼이……."

"가시죠."

젠슨이 앞서 걸었다. 상황실에 들어서니 각 부검방이 한눈에 내려다보였다. 기막힌 구조였다.

"3번 방에 예정된 부검은 퇴역 장군인데 현역 당시에 소탕한 테러범 잔당들이 복수의 표시로 교살했다는 메시지가 나온 시신입니다. 자살의 흔적도 있어 구분해야 하는데 쉽지 않은 케이스고… 5번 방은 조울증을 앓고 있는 흑인 청년이 이웃 동네에 사는 소년 둘을 강간하고 시신을 훼손한 케이스……. 그리고 8번 방에 들어올 시신은 재부검이 결정된 건으로 남미 계열의 불법 이민자 부녀 사이에 일어난 사냥용 라이플 총기 사고인데 굉장히 난해한 경우라……."

재부검?

창하 귀가 쫑긋 반응을 했다.

"만약 방성욱 선생님이라면 어떤 부검을 맡았을까요?"

"그야 물론 8번 방 시신이겠죠. 그는 어려운 것부터 쳐내는 저돌성을 즐겼으니까요."

"그렇다면 8번 방을 맡겨주십시오."

"이 선생님, 그쪽은 난해한 총기 사건입니다. 이미 한 번 부검을 했는데 법정 이견이 많아서 재부검을 하는 케이스라고요."

"상관없습니다. 박사님이 저를 믿어주신다면."

창하가 잘라 말했다.

*   *   *

코리아의 이창하?

8번 방의 메인 부검의에 창하가 내정되자 스태프들이 술렁거렸다. 대형 참사의 활약상은 알고 있는 그들이었다. 그러나 이 부검은 달랐다. 첫 부검은 온갖 의혹을 증폭시켜 놓았다. 이견 또한 한두 가지가 아니었다.

"보시죠."

브리핑은 흑발의 레일라가 맡았다. 그녀 앞의 서류는 압도적인 분량이었다.

"간단하게 검찰 측 주장부터 말씀드리자면……."

서류를 일부 집어 들더니 설명을 이어갔다.

"용의자가 명백한 살인을 부정하고 있다고 보고 있습니다. 그는 남미 계열의 불법 이민자로 딸을 성폭행하려다 살해했으며 알코올 중독에 마약 전과까지 있습니다. 거짓말을 밥 먹듯 한다는 거죠."

창하는 그녀의 말에 귀를 기울였다.

"일단 살해 동기가 명백하다고 보는 게, 같은 컨테이너에서 생활하는 딸에게 불만이 많았습니다. 딸은 미국 국적의 남자들에게 관심이 많았죠. 사고 당일도 백인 남자들을 만나서 술을 마시고 놀다가 자정 넘어서 귀가를 했습니다. 목과 가슴에는 애무 마크까지 달고 왔고요."

"……"

"결정적으로 이날 딸이 두 백인 남자와 미니버스 안에서 쓰리썸을 하는 장면을 용의자가 엿보는 걸 본 목격자가 있습니다."

"……"

"사건은 새벽 1시가 지나서 발생했는데 컨테이너에 침입자 흔적은 없습니다. 신고는 용의자가 했지만 지역 보안관과 검시관이 갔을 때 딸의 시신 옆구리 쪽에 300구경의 윈체스터 매그넘이 놓여 있었죠. 300구경 매그넘은 코끼리나 곰도 잡을 수 있는 놈입니다. 더 큰 문제는 용의자가 첫 목격자지만 그는 총소리를 듣지 못했다는 겁니다. 단지 뭔가가 부딪치는 듯한 소리가 나서 딸의 방으로 갔다는 거죠. 약에 취해 히스테리를 부린다고 생각했답니다. 그들의 거처는 컨테이너인데 어딘가 망가지면 자기가 고쳐야 하니 귀찮아서라도 확인해야 했다나요."

"……"

"마지막으로 덧붙일 건 방아쇠에서 공히 두 사람의 지문이

검출되지 않았다는 거예요. 침입자가 없다면 성립될 수 없는 조건이죠. 그렇기에 검찰은 용의자가 딸을 살인한 다음에 방아쇠를 깨끗이 닦고 신고 전화를 때렸다는 쪽으로 보고 있습니다."

"……"

"검찰이 그를 범인으로 보는 이유들입니다. 매그넘은 용의자의 것이었고 외부 침입자가 없는 데도 총소리를 듣지 못했다니 말이 안 된다고 보는 거죠. 아시겠지만 300구경 매그넘이라면 청각장애인 귀도 들리게 할 만큼 큰 총성이거든요."

"……"

"이번에는 변호인단 쪽으로 가봅시다."

"……"

"핵심은 용의자의 오른손입니다. 그는 오토바이 배달로 근근이 생계를 유지했는데 얼마 전에 일어난 사고로 석고를 대고 살고 있습니다. 병원에 너무 늦게 오는 바람에 첫 수술은 겨우 응급처치 수준. 병원에서는 재수술이 필요하다고 했지만 불법 이민자 신분에 뺑소니를 당한 형편이라 거액의 수술비를 감당할 사정이 아니었죠. 그런 몸으로는 라이플을 쏠 수 없다는 게 변호사의 주장입니다. 나아가 딸이 미국 남자들과 난잡한 건 처음 있는 일도 아니기에 그것 때문에 살인까지 했다는 건 억측이라는 거죠. 그 일로 분노했다면 딸이 쓰리썸을 할 때 바로 쐈어야 한다는 거예요."

"……."

"그럼 이제 첫 부검 자료로 가볼까요? 참고로 이 부검은 우리 검시센터가 아니라 지역 병리학자가 실시한 것입니다. 불법 이민자이다 보니 지역 보안관이 그쪽과 연결한 모양입니다."

레일라가 부검 서류를 건네주었다.

"사진도 같이 볼 수 있을까요?"

창하가 청하자 레일라가 화면에 사진을 띄워놓았다.

딸의 방은 좁았다. 컨테이너 안에 독립된 공간을 갖춘다는 것에 만족해야 할 수준이었다. 수사 기록대로 외부인의 침입 흔적은 없었다. 아니, 딱 한 군데 남아 있기는 했다. 딸 바지의 앞부분이었다. 누군가 강간을 시도한 듯 단추와 함께 일부가 뜯어져 있었다.

딸은 바닥에 누워 하늘을 보는 자세였다. 배는 대포를 맞은 듯 구멍이 뚫려 있고 거기서 튀어나온 동맥과 정맥의 혈흔이 비산되면서 벽을 물들였다. 군데군데 덩어리가 형성된 건 내장의 파편으로 보였다.

다음 사진을 넘기자 등이 드러났다. 등은 배보다 깨끗했다. 보이는 건 볼펜보다 조금 더 큰 구멍 하나뿐이었다.

"검찰이 살인으로 보는 또 하나의 이유예요. 만약 침입자가 없고 용의자가 쏜 게 아니라면 매그넘을 쏠 사람은 피살자 자신뿐이죠. 그런데 자기 등에다 대고 총을 쏠 수는 없다는 판단이죠. 사적으로는 저도 그쪽이고요."

레일라가 부연 설명을 붙여놓았다. 분위기로 보아 그녀도 검찰의 주장을 지지하는 쪽이었다.

창하는 부검 보고서의 중간 부분을 읽고 있었다.

「총알이 들어간 자리는 작지만 나온 자리는 크다.」

부검 결과는 그 정석에 기반하고 있었다. 그 이론에 따르면 당연히 총은 등으로 들어가 배로 나왔다. 그렇기에 사입구는 총알 두께의 사이즈를 남겼고 나온 자리는 대포알이 된 것이다. 실제로 이런 종류의 매그넘들은 무려 100데시벨을 훌쩍 뛰어넘는 소리를 내는 것으로도 유명했다.

피살자의 혈액검사에서는 알코올과 함께 마약이 나왔다. 스피드볼로 표현한 것으로 보아 코카인이나 헤로인 등을 섞어서 맞은 주사 같았다. 그로 인한 부작용은 인체 안에도 있었다. 임파선염에 더해 입 안에 핑크빛 콘처럼 생긴 돌기가 생겼다. 헤로인 중독 직전인 것이다.

척수 박살에 내장 박살……

친절한 부검 결과는 총기 쪽으로 내달렸다.

―사입구는 등 중앙으로 2.4cm.
―사출구는 복부를 중심으로 12cm.
―사망자 오른손에 흑연 입자.

—용의자의 지문은 총기 곳곳에서 발견.

　—총부리에서 혈흔, 체액 불검출.

　—사망자 상의 사입구에서 탄환 흔적 불검출.

　—결론: 사망자와 100㎝ 이상의 거리를 두고, 컨테이너 바닥으로부터 60㎝ 높이에서 발사된 탄흔.

　"……."

　주어진 조건만으로 그림을 그려보았다. 딸이 다른 남자들과 진한 엔조이를 즐기고 왔다. 다 큰 딸을 어쩌랴. 남자는 싸구려 맥주를 마시며 애써 위로했다. 그날 현장에서 발견된 빈 캔은 모두 여섯 개였다. 한 번에 마신 건지 아니면 하루 종일 마신 건지는 알 수 없었다.

　어쨌거나 알코올 농도가 진해지자 부아가 치밀기 시작했다.

　—지 아버지 생각은 눈곱만큼도 없지.

　—팔이 이 꼴이 되어도 남자들에게 꼬리 치느라 바쁘니…….

　—내가 창녀 딸을 키운 건가?

　—더는 못 참아.

　매그넘을 들고 옆 칸으로 건너갔다. 겁만 줄 생각일 수 있었다.

"It is none your business."

—아빠나 잘하셔.

딸이 밑줄까지 쫙 그어놓는다. 분노가 폭발한다.

"그 아랫도리를 다시는 못 놀리게 해주마."

딸의 바지를 부여잡는다. 딸이 격렬하게 반항한다. 성한 왼손으로 딸을 벽에다 던져 버린다. 쓰러진 채 저주를 퍼붓는 딸의 등에 매그넘을 발사한다. 선 채로 당길 수 없으니 앉아서 갖춘 발사 자세였다.

쾅!

총성 한 방이 부녀의 인생을 바꾸어놓는다. 그제야 그는 자기가 무슨 일을 했는지 알게 된다. 딸은 숨 쉬지 않는다. 돌아오지 못할 길을 가버린 것이다.

딸의 바지를 대충 헤집어놓고 매그넘 총구의 지문을 닦은 다음에 옆구리 쪽에 던져놓았다. 침입자의 소행으로 보이게 하려는 것이다. 방아쇠에서 누구의 지문도 나오지 않은 건 그런 까닭이었다.

'으음.'

그러나 그림이 잘 맞지 않는다.

"어떠세요?"

레일라가 견해를 물어왔다.

"그쪽은요?"

창하가 반격을 했다. 그녀의 행동으로 보아 이 부검에 대한 면밀한 검토를 마친 것 같았다.

"저는 검찰 쪽이에요. 침입자가 있다면 모를까 어떻게 300구경 매그넘을 자기 등 뒤에 대고 쏠 수 있겠어요?"

"어떤 장치 같은 것을 한다면 가능하기는 하죠."

"발견된 게 없잖아요?"

"그래서 살인이군요?"

"그것도 1급 살인이죠. 당신은요?"

"그 생각에 수긍하고 넘어가자면 일단 여기 눈에 보이는 혈흔부터 설명해야 합니다. 현장의 여자는 거의 반듯한 자세 아니었나요?"

"그렇죠."

"그렇다면 그녀가 총을 맞은 후에 몸을 돌렸을까요?"

"그거야 300구경이나 되는 총이니 충격으로 반 바퀴 돌았을지도 모르죠. 강력한 위력의 총을 맞으면 사람이 날아가잖아요."

"당신은 총기 전문은 아니로군요?"

"무슨 뜻이죠?"

"그건 영화 속 이야기입니다."

"아니라는 건가요?"

"영화 속에서는 총을 맞으면 저만치 날아갑니다. 심지어는 유리창을 깨고 튀어 나가기도 하죠. 그러나 그런 건 시각적 효과를 노린 액션에 불과합니다. 실제로 총알은 유선형으로 날아가기 때문에 적중된 표적을 밀어낼 힘이 없습니다. 총알은 그런 액션보다 관통을 좋아하죠. 운동에너지가 표적에 집중되면서 초고속 스피드로 통과해 버리면 표적의 몸은 구겨지면서 앞으로 거꾸러집니다. 영화 말고 야생에서의 진짜 사냥 같은 것을 생각해 보세요. 사람 정도 크기의 동물들은 전부 앞으로 쓰러지지 날아가거나 돌지 않습니다."

"……?"

"다시 혈흔으로 돌아갈까요? 만약 등에 총을 맞은 사람이 몸을 돌린다면 혈흔은 반원을 그리며 뿌려져야 합니다. 하지만 사진 속의 혈흔은 그런 각도가 아닙니다. 몸을 돌린 게 아니라는 증거죠."

"그럼 용의자가 돌려놨다는 쪽이군요?"

"그 전에 먼저 피살자의 옷을 보고 싶습니다. 가능할까요?"

"물론이죠. 재부검이라 그밖에 다른 증거들도 함께 도착해 있거든요."

레일라가 앞서 걸었다. 복도 끝에 위치한 증거 자료실이었다. 피살자의 옷은 거기 있었다.

"보세요. 바지 윗단이 뜯어지고 단추도 두 개나 달아났습니다. 강제로 옷을 벗기려 했다는 증거예요."

그녀가 증거 보관용 봉투를 꺼내놓았다. 안에는 옷이 들어 있었다. 민소매의 상의와 실크 바지였다. 바지는 멋대로 뜯어 져 성폭행 미수에 그친 증거처럼 보이기도 했다.

"주사전자현미경으로 좀 보고 싶습니다."

"시신이 아니라 옷부터요?"

"총을 먼저 맞은 건 사람보다 옷일 테니까요."

창하가 답했다. 레일라는 군소리를 달지 못했다. 그건 명백 한 팩트이기 때문이었다.

창하가 현미경 앞에 앉았다. 창하의 선택은 민소매 상의였 다. 복부 부분을 집중적으로 관찰했다. 창하의 표정은 점점 신중 모드로 변해갔다.

"이제 적외선 사진을 부탁합니다."

그녀에게 민소매 옷을 내밀었다.

"선생님."

"부검 서류 어디에도 상의에 대한 기록이 없습니다. 적외선 을 찍는 순간부터 제 부검은 시작입니다. 모든 검출물은 미국 의 증거보전에 준해 기록해 주세요."

창하는 일말의 흔들림도 없었다.

그녀가 적외선 사진을 의뢰했다. 탄환 잔여물이 검출되었다 는 통보가 왔다.

"총에 맞았으니 당연한 것 아닌가요?"

레일라가 어깨를 으쓱해 보였다. 그러나 창하 입가에는 엷은 미소가 피어올랐다. 머리에 그리던 단서의 흔적을 잡은 것이다.

"일단은 고맙다는 말부터 전해야겠네요."

"예?"

레일라가 황당한 표정을 지었다. 갑자기 돌변한 창하 때문이었다.

"이 옷들은 상황 설명에 아주 중요한 것들입니다. 그런데 성폭행을 예단하는 쪽으로 가는 바람에 진짜 사인을 밝히는 용도로 쓰지 못했습니다."

"진짜 사인?"

"레일라가 전해준 그것 말입니다. 탄환 잔여물……."

"……?"

"당신은 탄환 잔여물이 어디서 나왔다고 생각합니까? 등 쪽입니까, 배 쪽입니까?"

"그야 물론 등 쪽이죠. 등으로 들어간 총알이니까요."

"확인해 보시죠."

"확인하고 말 것도……?"

검사 기록을 보던 레일라가 동작을 멈췄다. 한 단어에 꽂힌 그녀의 시선이 폭발 직전처럼 뒤룩거렸다. 창하의 말처럼 배쪽이었다. 즉 민소매의 앞쪽에서 다량의 탄환 잔여물이 나온 것이다.

"이것?"

하얗게 질린 그녀가 고개를 들었다.

"이게 어떻게 된 일이죠? 어떻게 총알이 나온 자리에서 탄환 잔여물이⋯⋯."

"어떻게 된 일이라고 생각하세요?"

"여자가 옷을 거꾸로 입었다면?"

"성립되지 않습니다. 옷의 구멍을 보세요."

"대체⋯⋯."

레일라가 경련을 한다. 그녀가 가지고 있던 합리적인 판단이 불합리로 흔들리고 있다는 증거였다. 창하가 그 흔들림에 속도감을 더해주었다.

"검찰에서는 이렇게 주장했다면서요? 자살자가 어떻게 자기 등에 총을 대고 쏠 수 있겠는가? 따라서 이건 자살이 아니라 타살이다."

"예⋯⋯."

"그럼 등이 아니라 배에 대고 쏘면 자살이 성립되지 않습니까?"

"이봐요. 하지만 그건 사입구와 사출구 이론이 완전히 뒤집혀 버리는⋯⋯."

"이론이 사인이 되는 건 아닙니다. 당신이 합리적이라고 생각하는 그 사입구와 사출구는 잘못된 것입니다. 들어가고 나온 자리가 완전히 바뀌었으니 총알은 배로 들어가 등으로 나왔습니다."

"이, 이봐요. 당신이 아무리 부검 스페셜리스트라지만……."

완전히 반전된 주장에 레일라는 당혹감을 감추지 못했다.

"이제부터 하나하나 증명해 드리죠."

창하가 그녀의 말꼬리를 성둥 잘라냈다. 창하의 두 눈에는 이미 확신이라는 단어가 팽팽하게 들어와 있었다.

*　　　*　　　*

보통 총알이 들어간 사입구는 총알이 빠져나간 사출구보다 작다. 총알이 몸 안을 휘젓고 나가기 때문이다. 그렇게 빠져나가는 총알은 조직덩어리와 혈흔을 함께 달고 나가 큰 구멍을 만든다.

이것은 절대 진리일까?

그건 절대 아니다. 총알과 총에 따라 다르다. 심지어는 몸을 빠져나가지 못하는 총알을 상상해 보라. 방아쇠를 당기면 총알만 얌전히 튀어나오는 게 아니다. 고온의 불덩어리와 함께 고온의 가스, 화약, 그을음 등이 함께 튀어나온다. 그 총구가 살갗에 닿으면 화상을 입는다. 그을음과 가스는 상처의 가장자리나 인접한 피복에 잔흔을 남긴다. 이것이 바로 탄환의 잔여물이다.

반대로 총알이 빠져나간 자리라면 화상이나 가스의 흔적,

그을음이 있을 리 없다. 사입 사출구의 결정은 크기가 아니라 이런 분석으로 정해야 했다. 첫 부검을 맡은 병리학자가 간과한 사실이었다. 그 역시 눈에 보이는 사입, 사출에 매몰되었으니 미국의 검시관이라고 해서 모두가 유능한 것은 아니었다.

창하가 부검대 앞에 섰다. 앞에 몇몇 사람들이 포진했다. 어시스트가 셋에 검찰에서도 나왔고 레일라도 참관을 했다. 피살자의 가족은 용의자가 되어버린 까닭에 자리하지 못했다. 대신 뉴욕타임스의 기자와 불법 이민자 인권 보호 단체의 간사가 참관을 허락받았다.

가장 아쉬운 건 원빈과 광배였다. 듬직한 두 어시스트가 없으니 조금 허전했지만 바로 불을 끄며 루틴에 충실했다.

딸깍!

불 꺼진 부검대는 미국이라고 다를 것도 없었다. 어스름 속에 누운 피살자는 말이 없다. 그 시신이 창하에게 말을 걸어왔다.

—내 주검의 진실을 밝혀주세요.
—상상도 하지 말고 소설도 쓰지 말고 오직 팩트만을.
—그래 줄 수 있죠?

딸깍!
다시 불이 들어왔다. 기이한 행동 하나에 이미 홀려 버린 사람들이었다. 이미 허드슨강의 활약상을 보고 들은 까닭이었다.

재부검이라고 해서 새로 째고 써는 것은 아니었다. 첫 부검의 병리학자는 기본 부검 술식에 충실했다. 사입구와 사출구에 매몰된 것만 빼면 딱히 더하고 뺄 것도 없는 편이었다. 창하가 집중하는 건 시신의 손목과 목이었다. 손목은 깨끗했다. 그러나 목에는 유의할 흉터가 있었다. 작지만 창하에게는 아주 반가운 것이었다.

"총은 여자의 배에 접사로 발사되었습니다. 바로 여기."

창하가 가리킨 곳은 대폭발이 일어난 복부였다.

"1차 부검과 완전히 상반되는 결과인데 어떻게 이해해야 합니까?"

기자가 질문을 날렸다.

"총은 준비가 되었나요?"

창하가 레일라를 바라보았다.

"네."

그녀가 앞장을 섰다. 어차피 연결되는 부검이 있는 것도 아니었다. 창하로서는 하나하나 짚어가며 증명할 생각이었다.

300구경 매그넘은 생각보다 크지는 않았다. 표적은 돼지의 사체로 두 개가 준비되었다.

"옷이요."

창하가 어시스트들을 바라보았다. 창하가 요청한 대로 피살자가 입은 것과 똑같은 옷이 돼지의 피부에 둘러졌다.

척!

창하가 총구를 겨누었다. 거리는 병리학자의 부검에 적힌 100㎝ 이상이었다.

콰앙!

방아쇠를 당기자 엄청난 소리가 실험실을 흔들었다. 혼비백산한 사람들은 귀를 막고 몸서리를 쳤다. 어시스트들이 다가가 실험체를 확인했다. 총알이 들어간 자리는 작았고 나간 사출구는 컸다. 검찰 관계자와 레일라가 어깨를 으쓱해 보였다. 배 쪽이 사입구라는 창하의 주장은 처음부터 빗나가고 있었다.

하지만 그들의 미소는 잠시 후에 살짝 날아가 버렸다. 탄환 잔여물 때문이었다. 사입구에서 탄환 잔여물이 나오지 않은 건 당연한 일이었다. 발사 거리가 100㎝ 이상이었다. 이런 경우라면 보통, 사입구에 탄환 잔여물이 거의 남지 않는다.

하지만 사출구에서도 탄환 잔여물이 나오지 않았다. 첫 부검이 반만 맞아떨어진 것이다. 그렇다면 법정에서 결론이 나지 않을 가능성이 100%였다.

"돼지 피부와 사람 피부, 즉 조건의 차이 때문입니다."

검찰 쪽 관계자가 중얼거렸다.

그사이에 창하는 두 번째 실험을 시작했다.

척!

이번에는 총구로 돼지 살갗을 눌렀다, 그런 다음 가차 없이 방아쇠를 당겨 버렸다.

투웅!

이번에는 천둥이 치지 않았다. 대신 천둥은 참관자들의 머릿속에서 울었다. 총알이 들어간 사입구 때문이었다. 크기가 주먹보다 컸다. 모양도 폭격을 맞은 듯 엉망이었다. 실험체를 뒤로 돌리자 또 한 번의 천둥이 울렸다. 뒤쪽에 난 사출구는 아주 작았다. 창하의 주장이 그대로 적중되는 순간이었다.

"다음 실험을 준비해 주세요."

창하는 지독히도 담담했다. 논란의 사건을 재검증하는 속에서도 우쭐하거나 오만하지 않았다. 그건 고인에 대한 모욕이었다. 망자의 명의는 어떤 상황에서도 시신의 명예를 지켜야 하며 그런 기회를 얻은 걸 영광으로 알아야 했다. 그게 방성욱의 지론이었으며 이곳은 그가 그런 신념을 하나씩 실현해 가던 곳이었다.

"뜯어진 실크 소재 바지와 터져 나간 단추들입니다."

주문한 실험이 준비되자 창하가 다시 매그넘을 집어 들었다. 인체의 복부와 비슷한 탄력을 갖춘 생체 주머니였다. 실험팀은 동물의 방광을 재료로 준비를 맞춰주었다.

그 위에 피살자가 입고 있던 실크 바지와 같은 것을 입혔다.

'으음⋯⋯.'

검찰 관계자와 레일라는 한숨을 안으로 삼켰다. 말도 안 된다는 생각은 하지 못했다. 이미 기선을 제압당한 것이다. 그러나 입증이 가능할 것으로도 생각지 않았다. 성폭행 시도만은 총이 만든 게 아니었다. 용의자가 시도하다가 실패한 것이다. 그 실랑이 중에 실크 바지 상단이 뜯기고 단추가 달아났다. 그들의 생각은 그랬다.

"투웅!

한 번 더 매그넘이 발사되었다. 이번에도 실험체의 표면에 총구를 누른 접사였다. 폭발음과 함께 경악스러운 장면이 실현되었다. 실험체가 미친 듯이 팽창하며 부풀어 오르더니 타이트하던 바지 상단이 터져 나간 것이다. 실밥이 터지고 단추가 날아감은 두말할 필요도 없었다.

"6제곱미터당 1,280㎏ 이상의 압력이 확인되었습니다."

내부 압력 측정을 담당한 연구원이 측정기를 보여주었다. 실험체 안으로 파고 들어간 총구의 가스 때문이었다. 성폭행 역시 용의자의 짓이 아니었다. 총의 소행이었다.

"……!"

모두가 말을 잊었다. 실험물 앞으로 다가서 직접 확인해도 마찬가지였다. 기자도, 인권 단체 간사도 넋을 놓을 수밖에 없었다.

다음 과정이 남았다는 걸 기억하는 건 창하뿐이었다.

"이제 한 가지가 남았나요?"

창하 목소리가 모두의 침묵을 깨버렸다.

마지막으로 남은 건 총성이었다. 용의자는 300구경 매그넘의 소리를 듣지 못했다고 했었다. 그게 검찰의 의심을 사고 있었다. 귀를 잡아먹을 것 같은 총성을 듣지 못하다니. 그건 그가 거짓말을 하고 있다는 명백한 증거 중의 하나였던 것이다.

"사실 이건 이미 증명을 했습니다만."

다시 장전을 마친 창하가 참관자들을 돌아보았다.

"이미?"

검찰 관계자가 고개를 들었다. 레일라도 골똘해졌다. 지금까지의 실험으로 보아 창하가 거짓말을 할 리는 없었다. 하지만 아무리 생각해도 그런 실험은 없었다. 레일라는 실험 과정 복기에 들어갔다. 어디서 총성 실험을 대체할 만한 일이 있었던가?

"아!"

하나하나 짚어가던 레일라가 탄성을 터뜨렸다. 기자와 인권단체 간사의 표정도 아뜩하게 변했다. 그들도 감을 잡은 모양이었다.

"이제 생각이 나시는 모양이군요. 하지만 역시 증명 실험이니 예정대로 진행을 합니다."

창하가 선언했다. 창하에게는 간단하지만 형식은 제대로 갖췄다. 사망자와 비슷한 몸무게의 동물 사체를 놓고 100kg 이상의 거리에서 매그넘을 당겼다.

콰앙!

총성이 천둥을 쳤다. 예고 없는 발사였으니 기자와 인권 단체 간사가 몸서리를 칠 정도였다. 두 번째 총은 실험체에 총구를 붙인 채 총알을 당겼다.

퉁!

기자와 인권 단체 간사는 미리 몸을 움츠렸지만 소리는 작은 울림에 불과했다. 지나가던 취객이 드럼통을 발로 찬 수준인 것이다.

"어떻게 이런 일이……."

기자가 고개를 저었다. 그는 총기 사건을 제법 많이 취재한 사람이었다. 그러나 이런 것은 보지도 듣지도 못했다.

"인체의 신비지요."

창하가 말을 이어갔다.

"추락사를 한 시신을 부검하면 놀랍게도 피가 한 방울도 없는 경우를 볼 수 있습니다. 왜 그럴까요?"

"……."

모두는 입을 열지 못했다. 이제는 창하의 완전한 독주였다.

"뼈가 흡수해 버린 겁니다. 그 많은 피를 말입니다."

"……."

"마찬가지로 밀착 발사된 총의 총성 또한 몸이 흡수해 버립니다. 뼈가 피를 흡수하는 것과 같은 원리로 말입니다."

투웅!

한 번 더 총이 발사되었다. 소리는 더욱 점잖게 들렸다.

"결론 냅니다. 사인은 자살입니다."

자살.

1차 부검과 상반된 결과임에도 검찰 관계자조차 입을 열지 못했다. 의심의 여지라고는 추호도 있을 수 없는 증명이었다.

—신들린 사인 분석.

다른 말은 필요가 없었다.

언제 왔는지 젠슨과 몇몇 검시관들이 창하를 향해 엄지를 세워주었다. 우뚝한 엄지에서 창하의 피로감이 씻은 듯이 사라져 버렸다.

"괜찮겠습니까?"

차 안에서 젠슨이 물었다. 법정으로 가는 길이었다. 컨테이너 살인사건의 법정에서 창하의 증언을 요청해 왔다. 젠슨이 창하의 의사를 묻자 창하가 OK로 답했다. 피할 이유도 없었고 검시관의 의무이기도 했다.

"한국의 법정은 어떤지 모르겠지만 미국의 법정은 좀 다를 겁니다. 악마의 변호사들이 활개를 치는 곳이거든요. 그들은 자신들에게 유리한 증거가 나오지 않으면 증거 매수를 시도하기도 하죠."

"들었던 이야기입니다."

창하가 답했다. 방성욱의 기억 속에는 그런 것도 있었다. 어떤 변호사들은 부검의 증거까지 돈으로 매수하기도 했고, 부검의 실수를 파고들어 결국에는 자신이 원하는 것을 손에 넣기도 했다.

"다행히 이 사건은 불법 이민자들 간의 문제라 특급 변호사는 나오지 않습니다. 반면에 다양한 배심원들이 배정되어 이견이 나올 수 있으니 그 점만 주의하시면 됩니다."

"고맙습니다."

"고마운 건 저죠. 만약 이 선생님이 아니었다면 제가 검시관 증인석에 서게 되었을 겁니다."

"그렇다면 잘 되었군요. 박사님을 도울 수 있는 기회가 되는 것이니……."

"당신은 제가 아니라 우리 뉴욕검시센터, 아니, 미국을 돕고 있는 것입니다."

"과찬이십니다."

"절대 아니죠. 엊그제 당신을 수행한 레일라 박사 있잖습니까? 그 친구가 그래 보여도 굉장한 자질에 자존심까지 강합니다. 그런데 당신의 부검만은 이의를 달지 못하더군요. 제게 보고하면서 학을 떼어요."

"그랬나요?"

"하지만 제 가슴은 좀 철렁했습니다."

"……?"

"실은 우리가 포스트 방성욱으로 키우려던 재목 중에 하나 거든요. 그런데 넌지시 이 선생님과 같이 일하고 싶다는 의사를 밝혀요."

"영광이네요."

"조크가 아닙니다. 오늘 아침은 새벽처럼 나와서 일정을 소화하더군요. 모르긴 해도 당신의 증언을 들으러 법정에 나올 겁니다. 이건 보통 사건이 아니랍니다."

젠슨의 예측은 정확했다. 법원 주차장에 내리자 그녀가 보였다. 부검복을 벗으니 연예인이 따로 없었다.

"실은 콜로라도 소녀 미녀 대회에서 대상을 먹기도 했던 친구입니다."

젠슨이 부연 설명을 했다.

"안녕하세요?"

창하가 내리자 그녀가 다가왔다.

"법정 안내는 자네가 맡게. 난 통화할 데가 있어서 말이야."

젠슨이 레일라에게 말했다. 통화는 거짓말이었다. 젊은 사람들끼리 어울릴 수 있도록 피해준 것이다.

"부검 증언도 기대할게요."

증인 대기실 앞에서 레일라가 웃었다.

"나가시죠."

얼마나 기다렸을까? 법정 요원이 대기실 문을 열고 창하를 불렀다. 마침내 미국 법정에 들어섰다. 열두 명의 배심원과 판사가 눈에 들어왔다. 살인 혐의를 받고 있는 용의자도 보였다. 처음이라 그런지 엄숙한 분위기가 제대로 느껴졌다.

방청객들 사이에 포진한 레일라를 보며 긴장을 풀었다.

—쫄지 마라. 너는 대한민국 국대 검시관이야.
—이제는 자타가 공인하는…….

스스로에게 자부심을 부여하며 증언대에 올랐다.

제4장

—

위험한 겸상적혈구

짝짝짝!

그래도 출발은 좋았다. 창하가 허드슨강 테러 참사의 현장에서 시신 신원 파악을 진두지휘한 검시관이라는 소개가 나가자 배심원들이 기립 박수로 응원해 준 것이다. 그러나 그건 테러로 희생된 시신들에 대한 것이지 이번 재판과는 아무런 상관도 없었다. 배심원들은 그걸 잘 알고 있었다.

다행스러운 것은 검찰 쪽의 반응이었다. 창하의 부검 결과를 받아 든 그들은 소극적일 수밖에 없었다. 마침내 창하의 증언이 시작되었다.

창하가 화면 앞에 섰다. 검시센터에서 실시한 영상들이 나오기 시작했다. 장황한 이론보다 한 번 보는 것이 더 중요하기 때문이었다.

"먼저 사입구과 사출구 증명입니다."

영어 다음에 총성이 울렸다. 그다음의 반응은 실험실과 같았다. 방청석과 배심원들은 말을 잇지 못했다

사입구는 작고 사출구는 크다.

총성 한 발로 선입견을 박살 내는 창하였다. 연이어 화약 등의 탄환 잔여물 검사를 공개했다. 복부 쪽은 탄환 잔여물로 범벅이었고 등 쪽은 깨끗했다. 창하는 어떤 설명도 붙이지 않았다. 말해서 아는 것보다 스스로 느껴야 임팩트가 크다는 것, 창하의 노림수였다.

실크 소재 바지가 뜯어져 나가는 가스 실험에 이어 총성이 들리지 않는 소음 흡수 현상까지 일목요연하게 증명했다.

"우!"

"저럴 수가?"

"말도 안 돼."

배심원들의 반응은 다양했다. 그러나 한 가지 공통점은 있었으니 한결같이 창하의 카리스마에 압도되어 가는 것이었다.

"사인은 자살입니다."

마무리에서의 창하 발언은 경쾌했다. 그 어떤 군더더기도 엿보이지 않았다. 범인으로 몰려 있던 프란시스코의 눈에서 눈물이 흘러내렸다. 그는 여전히 팔에 석고를 달고 있었다.

"증언 잘 들었습니다. 하지만 당신의 부검이 100% 옳다고 해도 아직 풀리지 않는 의문들이 있습니다. 범인이 그녀의 앞에서 총을 쏘았을 수도 있지 않습니까?"

검찰 측의 발언이 나왔다. 그들이 준비한 최후의 일격으로 보였다. 검찰은 프란시스코를 1급 살인범으로 기소했다. 그런 마당에 그대로 꼬리를 사릴 수는 없었다.

"가능하죠."

창하가 답했다. 당장 배심원석이 술렁거렸다.

"어쩌려는 걸까요?"

방청석의 레일라가 젠슨 옆에서 중얼거렸다.

"자네 생각은?"

"간단하지만 검찰이 제대로 딴죽을 건 거 같아요."

"이 선생의 답 말일세."

"글쎄요, 저 질문에 합당하는 말은 들은 적이 없거든요."

"내 생각에는 말일세, 이 순간을 위해 남겨두었을 것 같네."

"예?"

"하자면 빌미를 남겨 상대방 얼굴까지 살려주려는 거지."

"맙소사, 박사님 말이 맞는다면 저 사람은 정말……."

"진짜 스페셜리스트지. 나는 닥터 방만 그런 줄 알았는데 이 선생은 거기서 더 진화한 스페셜리스트야."

젠슨의 미소는 의미심장했다.

"프란시스코."

법정의 창하가 용의자를 지명했다.

"최초의 부검에서 총알은 바닥으로부터 60㎝ 정도 떨어진 곳에서 발사되었을 거라고 추정하고 있습니다. 저 역시 그 의견에 동의합니다. 그렇다면 여기 이 사람이 범인이라면 바닥 60㎝ 정도의 높이에서 매그넘을 발사해야 합니다. 그렇다면 사인은 자살이 아니라 타살로 바뀔 수 있습니다."

"……."

배심원들은 입을 다물었다. 그저 창하를 주목할 뿐이었다.

"앉으세요."

창하가 용의자에게 말했다. 그가 엉거주춤 법정에 앉았다.

"60㎝ 높이에서 발사하려면 두 가지 방법밖에 없습니다. 이 사람이 앉든지 아니면 엎드리든지. 그래서 몸이나 다리로 총을 고정시켜야 하거든요."

용의자에게 매그넘을 건네주었다. 물론 총알은 들어 있지 않았다.

"쏴보시죠."

"……."

법정은 이내 깊은 침묵에 휩싸였다.

용의자 프란시스코는 왼손으로 총을 겨누었다. 그러나 방아쇠를 당길 오른손이 없었다. 석고를 한 상태에서는 방아쇠에 손이 들어가지 않은 것이다

"이제 누워서 시도해 주십시오."

창하가 다음 지시를 내렸다. 그가 엎드렸지만 그건 더 어려운 자세가 될 뿐이었다.

"용의자가 일부러 못 하는 척할 수도 있습니다."

검사의 반론이 나왔다.

"그렇다면 배심원 중에서 같은 조건으로 시도해 볼 분을 요청합니다."

창하가 받아쳤다. 프란시스코와 비슷한 연령의 남자가 나왔다. 석고 대신 부목을 대고 시도했다.

"안 되는데요?"

기를 쓰던 그가 포기를 선언했다. 방청석이 한 번 더 술렁거렸다.

"두 번째, 그녀가 자살했다는 증거입니다."

창하는 쉬지 않았다. 여세를 몰아치는 것이다. 그러나 화면에 떠오른 사진 한 장은 싱겁기 그지없었다. 그녀의 목에 난 작은 상처인 것이다.

"무엇입니까?"

판사가 물었다.

"의흔의 흔적입니다. 아물긴 했지만 가장 최근의 것은 1개월 전쯤에 시도된 것으로 보입니다. 아시겠지만 의흔은 목을 매달고 죽은 사람에게서 엿보이는 손상입니다."

"의흔?"

배심원들이 웅성거렸다.

"그리고 또 아시겠지만 자살을 시도한 사람은 결국 자살로 가는 경우가 많습니다. 이는 자살자 통계에서도 증명되고 있으니 참고하시기 바라며 의혼의 증명을 위해 진짜 의사자들 사진을 공개합니다."

화면이 바뀌었다.

"......!"

법정은 다시 침묵의 도가니로 변했다. 소란보다 뜨거운 침묵이었다. 화면에서 하나하나 명징하게 대조되는 의사자들의 의혼. 그것은 사망자의 상처와 같은 부위, 같은 각도들이었다.

모두가 당혹해할 때 창하가 다시 매그넘을 잡았다.

"마지막으로 자살 방법입니다."

창하가 배심원들을 향해 무릎을 꿇었다. 배에 총구를 붙였다. 자세가 어색하다. 이번에는 매그넘을 거꾸로 뒤집어 배에 가져다 댔다. 방아쇠가 하늘을 보는 자세에서 그대로 당겼다.

딸깍!

총알이 발사되었다. 벽을 보는 자세였다. 복부가 터지면서 벽으로 내장과 혈흔이 튀었다. 바지가 뜯겨 나가고 단추가 떨어져 굴렀다. 두어 번 목을 매어 자살을 시도한 사망자. 거푸 실패하게 되자 용의자의 매그넘을 쓴 것이다.

그녀는 알고 있었다. 자신들이 상대하는 백인 남자들은 오직 자신과의 환락에만 관심이 있다는 사실. 약에 취해 몽롱해지면 이루 말할 수 없는 모멸과 멸시를 줬다는 것.

그날도 역시 그랬다.

"싸구려 남미 창녀 같은 년."
"너 같은 걸레는 그냥 일회용 쾌감 자판기일 뿐이야."

몽롱한 의식 속에서도 그 말은 또렷했다. 벌써 한두 남자도 아니었다. 처음에는 영혼이라도 빼줄 것처럼 굴지만 일단 몸을 주면 마음이 변했다. 이제는 지쳤다. 그들의 비위를 맞추느라 너무 많이, 너무 자주 약물을 먹었던 것이다.

아침이 오는 게 싫어.

이제 그만 쉬고 싶어.

빵!

그렇게 생을 마감한 여자였다.

반듯하게 일어선 창하가 법정을 나왔다. 방청석에서 기립 박수가 쏟아졌다. 그러자 배심원들도 그 뒤를 따랐다. 이번 박수는 허드슨강과 상관이 없었다. 오리무중 속에서 치열한 공방이 오가던 사망의 원인을 기막히게 증명한 데 대한 감동의 표출이었다.

"이 선생님."

밖으로 나오자 젠슨과 레일라가 다가왔다.

"최고였어요."

둘은 약속이나 한 듯 엄지를 세워주었다.

"좋은 경험을 하게 해줘서 고맙습니다."

"이런 경험을 원한다면 백 번이라도 맞춰줄 수 있죠. 이번 기회에 아예 미국에 눌러앉는 건 어떨까요? 레일라가 이 선생님 여권을 뺏어버리자고 하던데?"

"영광입니다."

창하가 레일라를 향해 고개를 숙였다.

"선생님은 영광일지 몰라도 저는 좀 불만이에요."

레일라가 볼멘소리를 냈다. 다음 스케줄 때문이었다. 이번에 예정된 건 그녀의 부검 참관이었다. 미국식 부검의 진행 과정을 보려는 것이다. 이 부검에는 뉴욕 의대생 20여 명도 참관한다. 레일라는 이미 학생들 참관에 긴장하는 짬밥은 아니었다. 그러나 거기에 더해지는 코리아의 검시관이 문제였다.

맨 처음, 그녀는 코리아의 검시관에 대해 아무런 생각도 없었다. 그저 후진국에서 오는 부검의의 한 명이겠거니 했던 것이다. 그러나 이제는 환경이 달라졌다. 그 별 볼 일 없을 것 같던 코리아의 검시관이 별 볼 일 있어진 것이다.

"차라리 선생님이 하고 제가 보조하면 어떨까요? 기죽잖아요."

"그건 안 되지. 이 선생님에 대한 예의가 아니야."

젠슨이 선을 그었다. 레일라는 목적을 달성하지 못했다. 결국 창하 앞에서 미국 부검 시스템을 선보이는 역할을 맡아야만 했던 것이다.

지잉!

부검실 문이 열리면서 그녀가 들어섰다. 세 명의 어시스트와 함께였다. 녹색의 부검복에 앞치마를 두른 모습도 그녀의 미모까지 감추지는 못했다.

"오우!"

의대생들이 술렁거렸다. 하지만 이내 입을 다물었다. 레일라의 눈에서 레이저 광선이 발사된 것이다. 그들 역시 부검대의 예의를 알기에 바로 의대생의 본분으로 돌아갔다.

부검 준비가 갖춰지자 창하 소개가 이어졌다.

"코리아에서 오신 이창하 검시관님, 허드슨강 테러 사건 때 종횡무진 사태 수습에 활약하신……"

소개가 나오자 의대생들이 엄지를 세워주었다. 부검대 앞에서는 박수 치지 않는다. 악수를 하지 않는 것과 마찬가지였다.

"시신은 어떤 사람이지?"

레일라가 장갑을 끼며 물었다. 학생 대표가 바로 대답에 나섰다.

"마약중독 이력을 가졌고 눈빛이 멍한 상태로 의식을 잃은 채 병원에 실려 와 극심한 통증을 호소했다고 합니다. 의료진은 코드 블루로 대응해 심폐 소생에 성공했지만 뇌사에 빠진 후 이틀 만에 사망했습니다."

"부검 시작."

레일라가 시신에 다가섰다. 시작은 정맥주사를 맞은 곳들과 호흡 보조장치가 들어갔던 곳에 대한 체크였다. 그녀의 부검은 절제가 있었다. 서두르지도 서투르지도 않았다. 그렇게 외표 검사가 끝나자 주사기를 집어 들었다. 주사기는 시신의 양쪽 눈을 다 찔렀다. 유리체액을 채취하는 것이다. 그 동작 또한 섬세하면서도 정밀했다. 안구가 튀어나오는 불상사 따위는 염려하지 않아도 될 것 같았다. 그런 다음 쇄골 뒤의 정맥을 장악하고 혈액을 뽑아 어시스트에게 건넸다. 그 또한 원 샷 한 방이었다.

다음으로 절개에 돌입한다. 그건 정말이지 아티스트의 손길처럼 세련되기 그지없었다. 가슴을 열고 복막을 드러내는 데 걸린 시간은 거의 2분 안쪽이었다.

복막에 이상이 없으므로 폐로 옮겨간다. 시신은 이틀 동안 의료기기에 의존해 연명했기에 약간의 손상이 엿보였다. 그러나 전체적으로 선홍색 빛깔이 선명하니 건강에는 큰 이상이 없어 보였다. 심장 역시 특별한 징후는 나오지 않았다.

각 기관의 샘플을 조금씩 떼어 보관하는 건 한국과 같았다. 다만 보험회사로도 보내는 게 달랐다. 이렇게 보관된 샘플은 약 1년 동안 보관한다. 하지만 미결 사건이 되면 장기간 보관으로 돌입하게 된다.

이제 그녀는 간을 집중 체크 하고 있었다. 시선은 세 개의 림프샘이 튀어나온 곳에서 정지되었다. 약물 사용의 표식이다. 그러나 사인에 결정적인 것은 아니었다. 부신을 체크하고 항문과 방광, 심지어는 고환까지 확보한 후에야 그녀의 부검이 끝났다.

그사이에 혈액 분석 결과가 들어왔다. 헤로인과 옥시코돈 이외의 독극물은 나오지 않았다. 전자는 당연히 마약이고 후자는 마약성 진통제였다. 병원에서 응급조치로 쓴 것이다.

"사인은 무엇입니까?"

학생 대표가 물었다.

"잠깐만."

그녀가 잠시 답변을 미뤘다.

"선생님."

창하에게 다가왔다.

"보셨죠?"

"네, 기막힌 솜씨였습니다."

"그런 위로 말고요, 제가 보기엔 무산소 뇌사 같은데 다른 의견 있으세요?"

그녀의 목소리는 낮았다. 자신이 없다는 뜻이었다. 그도 그럴 것이 그녀의 사인은 달리 말하면 '잘 모르겠어'를 멋지게 표현한 것에 불과했다.

그러나 시신은 마약 환자였다. 마약중독자들은 마약성 진통제를 맞기 위해 거짓말을 밥 먹듯이 하는 경우가 많았다. 일부러 아픈 척, 통증이 있는 척하며 병원을 찾아와 마약성 진통제를 맞는 것이다. 그런 경우 인체 메커니즘의 부조화로 무산소 뇌사의 가능성이 높았고, 그런 사인을 달고 나간 시신은 한둘이 아니었다.

"검사 목록을 좀 볼 수 있을까요?"

창하가 청하자 혈액 분석표가 넘어왔다.

"중요한 검사는 다 되었는데 기본적인 것이 빠졌네요."

"기본적인 거요? 그게 뭔데요?"

"마약중독이 아니었다면 어땠을까요? 뇌사를 일으킬 만큼 산소부족을 초래하는 것들……. 생각이 날 듯 말 듯 한데 잘 안 떠오르네요."

창하가 말을 돌렸다. 배심원들을 대할 때와 같은 초식이었다. 답을 주는 게 아니라 답을 찾아가게 힌트만 주는 것이다.

"Sicklemia?"

그녀는 힌트를 제대로 받아먹었다.

"아, 맞습니다. Sickle cell anemia. 즉 겸상적혈구증……."

"맙소사, 내가 왜 그 생각을 못 했지?"

레일라가 현미경으로 뛰었다. 즉시 혈액 도말을 하고 재물대에 물렸다.

"윽!"

그녀가 몸서리를 쳤다. 낫 모양의 적혈구가 여러 개 보인 것이다.

정상적인 적혈구는 가운데 구멍이 뚫린 도너츠 모양이다.

그러나 겸상적혈구증이라는 질환에 걸리면 이게 낫 형태로 변한다. 모양이 둥글지 못하니 혈류를 따라가다 여기저기 걸린다. 당연히 혈관 폐쇄를 일으키는 원인이 된다. 이 합병증의 문제는 평생 증상이 나타나지 않는 데다 응급의료 현장의 의료진이 진단하기 불가능하다는 데 심각성이 있었다.

시신은 겸상적혈구증이 분명했다.

사인도 분명해졌다.

"겸상적혈구증에 의한 혈관 폐쇄로 인한 뇌사."

사인을 공표하는 레일라의 목소리에 힘이 들어갔다. 그녀는 그 공을 창하에게 돌리는 것도 잊지는 않았다.

"역시 선생님이 하셔야 했던 부검이네요."

샤워까지 마치고 나온 레알라가 어깨를 으쓱해 보였다.

"아뇨. 레일라의 기막힌 술식 때문에 생각난 거였습니다."

"그거 진심이면 오늘 저녁 시간 좀 내주세요. 그냥은 도저히 못 넘어가겠어요."

"저야 영광이죠."

이제 약간의 여유가 생긴 창하. 그녀의 콜을 기꺼이 받아들였다.

제5장

—

국대검시관 미국법정 평정

"어때요?"

식사가 나오자 레일라가 물었다. 작은 테이블 위에서 요리가 빛나고 있었다. 사방이 천연 목재로 장식된 이 식당에는 미슐랭 별이 하나 붙어 있었다.

"하나지만 진짜 별이거든요."

그녀가 웃는다.

"무슨 뜻이죠?"

의미가 있을 것 같아 창하가 되물었다.

"셰프가 우리 아빠예요."

"……?"

창하가 흠칫거렸다. 짐작도 못 하던 일이었다.

"제가 법의관이 되겠다고 했을 때 오직 아빠만이 지지를 해주었어요. 그날 제게 오색의 요리를 해주셨죠. 친구 전부를 데려오라기에 10명 정도 데려왔는데 아빠는 저를 위해 그날 예약을 받지 않으셨어요."

"굉장하신 분이군요."

"오늘도 그래요."

"예?"

"그 열 명을 다 합친 것보다 굉장한 분을 모셔 오겠다고 했더니……."

레일라가 실내를 가리켰다. 그러고 보니 테이블들은 촛불만 켜져 있을 뿐 모두가 비어 있었다.

"레일라?"

창하, 부담 백배가 되었다.

"그래서 진짜 별이라는 거예요. 우리 아빠, 마음이 내키면 기분 한번 제대로 내거든요."

"……."

말문이 막힌다. 미슐랭 별 집이다. 비록 그 별이 하나라고 해도 굉장한 맛집에 속한다. 그런 집이 하루를 쉬면 손해가 막심하다. 그런데 창하만을 위해 오픈하다니…….

"너무 감동해서 음식이 잘 넘어가지 않을 것 같은데요?"

"그건 쉽지 않을 거예요. 우리 아빠의 요리는 손만 대면 술

술 먹게 되니까요."

그녀가 접시를 가리켰다. 부검실에 서면 자신만만해지는 창하의 눈과 닮았다. 옆에서는 그녀의 아버지이자 셰프가 정중히 고개를 숙인다. 이쯤 되면 안 먹을 도리가 없었다.

와인을 마시고 식사에 돌입했다. 먹다 죽은 귀신은 때깔도 곱다니 한번 제대로 고와볼 생각이었다.

흰 접시의 하마치는 방어를 타르타르 스타일로 요리해 담아냈다. 바삭한 튀김 과자 위에 세팅해 청아한 소리와 함께 새콤달콤함의 정수를 즐길 수 있었다.

우니에 이어 캐비어와 시소가 나왔다. 탱글탱글한 캐비어와 시소의 궁합은 거의 환상 특급이었다. 언제 먹었는지도 모르게 해치우고 말았다.

스코틀랜드산 랍스터에 차이브를 올린 요리는 소스의 진수를 보여주었다. 솔직히 한 접시 더를 외치고 싶을 정도였다. 그런데 그 마음을 셰프가 알아챘다. 말없이 한 접시를 더 추가해 준 것이다.

"워낙 맛나게 드셔서⋯⋯."

권하는 것도 정중하니 사양하지 않았다. 가자미와 그린피, 와규에 캐러멜라이즈드 어니언이 들어간 고기를 썰고 딸기와 프로즌 바닐라 수플레를 먹으면서 만찬이 끝났다. 정말이지 끝내주는 만찬이었다.

"더 필요한 건 없으십니까?"

셰프가 다시 물었다.

"전혀요."

창하가 답했다. 생각할 겨를도 없이 본능적으로 나온 대답이었다.

"이제 좀 앉으시죠, 셰프님."

레일라가 셰프에게 자리를 권했다.

"그래도 될까요?"

셰프가 창하를 바라보았다.

"그럼요."

창하가 답하니 비로소 셰프가 의자를 당겼다.

"너무 잘 먹었습니다. 큰 폐를 끼친 것 같아서 죄송하기도 하고요."

"천만에요. 우리 뉴욕이야말로 당신께 큰 폐를 끼쳤습니다. 평생 VIP 사용권을 드려도 모자랄 지경입니다."

"과찬이십니다. 누구라도 해야 할 일이었고요."

"누구든 할 수 있지만 제대로 할 수 있는 사람은 따로 있지요. 뉴욕 시민의 한 사람으로서 다시 한번 감사를 드립니다."

"……."

"너무 부담 갖지 마세요. 우리 아빠, 빌딩 테러가 있던 20여 년 전에도 그러셨거든요. 당시 수고한 구조대원과 소방대원을 차례로 불러서 요리로 위로를 했어요. 그때 저도 서빙으로 한 몫을 했고요."

레일라가 대화에 들어왔다. 멋진 아빠에 멋진 딸, 부럽지 않을 수 없는 부녀였다.

"그때 꼬마 서빙 아가씨가 의욕만 넘쳐서 접시 많이 엎었지."

"쳇, 그래도 구조대원 아저씨들이 아빠 요리보다 저를 더 좋아했거든요."

"그건 인정하마."

"아무튼 우리 아빠가 그런 분이세요. 일 년이면 한두 번 레스토랑 문을 닫고 아프리카나 동남아시아로 가서 가난한 아이들에게 요리를 먹이고 오세요."

"요리만큼이나 멋진 분이시네요."

"아닙니다. 저는 사실 요리의 영감을 찾으러 가는 거지 아이들을 돕는 게 아닙니다. 실은 그 아이들이 저를 돕는다고나 할까요?"

셰프는 겸손했다. 그런 마음과 손으로 요리를 하니 맛이 있을 수밖에 없지 않을까?

"허드슨강의 테러뿐만 아니라 다른 부검에서도 탁월한 사인 분석을 내셨다고요? 우리 레일라가 다른 사람 칭찬에 박한데 서슴없이 칭찬이 나오는 걸 보면 얼마나 대단하신지 알겠습니다."

"아빠, 내가 무슨……. 나도 다른 사람 칭찬 많이 하거든?"

"으음… 그런가? 내가 기억하기로 여기 이 선생님도 처음에는 굉장히 평가절하 했던 걸로 알고 있는데?"

"아빠, 이 선생님 앞에서 그런 말까지?"

"어쩌냐? 아빠가 요리사 아니냐? 재료를 속속들이 다 까발리지 않고는 좋은 요리가 나오지 않거든. 그래서 잘 숨기지를 못하잖냐? 어떻게 보면 부검과도 닮았다고 할까?"

"그래. 레일라, 아빠 피 닮았다. 됐어?"

레일라가 볼멘소리를 낸다.

"흐음, 이제야 인정을 하는군."

"진짜 우리 아빠 못 말린다니까."

"그럼 못 말리는 아빠는 이만 퇴장한다. 오늘 미룬 예약들 때문에 준비할 게 많거든. 이 선생님 잘 모셔라."

셰프가 일어섰다. 창하도 일어나 예를 갖춰 보였다.

"우리 아빠가 저래요."

레일라가 소녀처럼 웃었다.

"보기 좋은 데요, 뭐."

"이제 차 마시러 가요."

레일라가 일어섰다.

"다른 데로요?"

"따라오세요."

레일라가 창하를 잡아끌었다. 셰프에게 정중한 인사를 남기고 레스토랑을 나왔다.

그녀에게 이끌려 간 곳은 그녀의 원룸이었다. 레스토랑에서

멀지 않았다.

"여긴 또 어때요?"

그녀가 창하를 야심차게 노려본다.

"레알라 홈인가요?"

"맞아요. 여기서 청춘의 시간을 죽여대고 있어요."

그녀가 뒤에서 창하 어깨를 잡았다. 그런 다음, 창가의 작은 소파로 밀었다.

"내친 김에 Another round?"

"그러죠."

창하가 답했다. 그녀가 가져온 건 와인이었다. 성인이 되었을 때 아빠가 선물로 준 것이라고 했다. 좋은 남자 친구 만나면 같이 먹으라고.

"의대 들어가 보니 남자 사귈 시간이 있어야 말이죠? 어쩌다 만나는 남자라고는 남자 심벌만 달렸지 매력이라고는 꽝이고……."

셰프의 딸답게 하몽을 제대로 썰어 왔다. 와인 몇 잔을 마시니 분위기가 달아올랐다. 부검 경험담이 오고 갔다. 레일라의 고백은 간을 바닥에 떨어뜨린 것이었다.

"이게 공처럼 튀어 다니지 뭐예요? 박사님 오기 전에 주워 담느라고 10년은 늙은 것 같아요."

"간이 좀 그렇죠."

"뇌는요? 곤죽이 된 걸 몇 번 본 후로는 좋아하던 푸딩도

싫어졌거든요."

"몇 번 더 보면 오히려 좋아질 겁니다. 제가 아는 어떤 분은 부검 직후에 내장탕도 즐기거든요."

별수 없이 내장탕에 대한 묘사도 덧붙인다.

"와우!"

그녀가 자지러지며 창하에게 닿았다. 그녀의 입술은 이제 창하 코앞에 있었다. 그 입술을 받아냈다. 그녀가 창하를 밀었다. 소파에 누운 채로 그녀를 당겼다.

아무래도 레일라는 창하를 부검(?)할 모양이었다. 한 겹 한 겹 벗겨내는 것이다. 그녀는 셀프 부검(?)도 마다하지 않았다. 자기 옷까지 벗어 던져 버렸다.

요리를 먹을 때처럼 집중했다. 하나하나의 과정이 끝나면 사인이 나오는 것처럼 둘은 클라이맥스에서 동시 폭발을 이루었다.

"와우!"

어느새 아래에 위치한 그녀가 창하의 어깨를 잡고 몸서리를 쳤다.

"최고였어요."

그녀가 웃는다. 디저트를 먹듯 그 입술에 키스를 선물했다. 부검에 묻혀 살던 창하에게 잠시 달콤한 오아시스가 내려온 밤이었다.

　도미 3주 차는 정신없이 바빴다. 뉴욕 의대에서 강연이 있었고 CSI의 법의학 캠프를 시작으로 뉴욕 부검 시스템과 법의관 시스템에 대한 체험도 했다. 공식 포렌식 인증기관인 FEPAC도 돌아보고 법의학과로는 최고로 꼽히는 마샬대학의 교육과정도 보았다.

　4주 차 역시 선진 시스템과 운용을 익히는 데 올인 했다. 미국 경찰과 FBI, CSI 등의 기관에서 법의학 전반에 대한 운용과 기법을 참관했다. 그 모든 것에 대한 안내는 레일라와 로건이 번갈아 맡아주었다. 창하로서는 그저 고마울 뿐이었다.

　"이 선생님."

　4주 차의 마지막 날, 점심 식사를 마치고 뉴욕으로 돌아가는 길에 로건이 핸드폰을 건네주었다. 그는 젠슨과 통화하던 중이었다.

　"닥터 젠슨."

　창하가 통화를 이어갔다.

　─이번 주 견학은 어땠습니까?

　"덕분에 큰 공부가 되었습니다."

　─다행이군요.

　"저녁 약속 기억하시죠?"

창하가 물었다. 오늘 저녁 식사를 대접하겠다 약속을 상기시키는 것이다. 젠슨은 특별히 캐나다에서 온 법독극물 전문가를 소개해 주겠다고 했었다.

—그야 당연히 기억하는데…….

젠슨이 말끝을 흐렸다.

"무슨 일이 생겼습니까?"

—별것은 아니고요, 인종차별 문제로 논란이 되는 사건에 대한 탄환 분석 법정 증언이 예정되어 있는데 여러 번의 실험으로도 진도가 나가지 못하고 있습니다.

"제가 잠깐 봐드려도 될까요?"

—아닙니다. 피곤하실 텐데 숙소에서 쉬고 계십시오. 다시 진행해 보고 진전이 있으면 바로 연락드리겠습니다. 만약 여의치 못하면 식사 약속은 다음으로 미뤄야 할 것 같습니다.

전화가 끊겼다.

"인종차별 탄환 분석, 이게 뭐죠?"

창하가 로건에게 물었다.

"그 사건요?"

로건은 한숨부터 쉬었다. 미국은 인종과 관련된 사건이 많았다. 특히 인종차별적인 사건이 발생하면 더욱 골치가 아파지는 모양이었다.

"경찰 발표에 의하면 한 범죄자 흑인 소년이 심야에 허드슨강변에서 중년의 백인 남자를 털다가 그 총에 맞아 죽은 사건인데요, 흑인 소년의 나이가 열다섯에 불과한 것으로 나오자 백인 남자가 일방적으로 쏴 죽인 것으로 변질된 케이스입니다. 문제는 나이프와 총기인데……."

"나이프와 총이라고요?"

"백인 남자의 말에 의하면 술에 취해 귀가하는 길에 보도블록 조각으로 선제공격을 당했다는 거예요. 그때부터 정신없이 맞았고 나중에는 둘이 부둥켜안고 구르며 실랑이를 벌이던 중에 흑인 소년이 나이프를 꺼냈답니다. 그래서 정당방위 차원에서 권총을 두 발 발사했다는 거죠. 하지만 현장에는 나이프가 없었는데 백인 남자 말로는 자신이 방어하면서 소년이 칼을 놓쳤고 그게 다리 난간 사이로 날아가 강물에 떨어졌다고 합니다."

"……"

"일이 그렇게 되니 흑인 인권옹호 단체들이 벌떼처럼 들고일어선 겁니다. 백인 남자의 말은 죄다 거짓말이고 술에 취해 흑인 소년을 강간하려다 반항하니까 고의로 쏴 죽였다는 거예요. 실제로 소년의 밴드 바지는 조금 내려가 있었습니다. 하지만 백인 말은 갑작스러운 공격에 당황해서 방어 차원에서 소년의 낭심을 움켜잡으려다 그렇게 된 거라네요."

"목격자나 CCTV는요?"

"CCTV가 있기는 했는데 각도상 도움이 안 되고, 목격자들 역시 진술을 하기는 했는데 워낙 마약과 주정뱅이 등이 많은 곳이라 신뢰성이 약하다고 합니다."

"쟁점은 뭐죠?"

"누가 공격자고 누가 방어자냐는 거죠. 백인 남자는 소년이 쓰러진 자기를 타고 앉아 마구 때린 후에 나이프로 위협하며 지갑과 권총을 내놓으라고 하는 바람에 총을 쐈다고 하는데 목격자의 증언은 두 발의 총소리 후에도 소년의 비명이 여러 차례 들렸다는 쪽이에요. 상황 설명이 안 되는 거죠."

"차 돌리세요."

"네?"

"검시센터로 가자고요."

"선생님, 방금 젠슨 박사님이 말씀하시길……."

"우리 둘이 도와드리면 예약한 레스토랑에 노쇼 안 해도 될지 모르지요. 저는 아무래도 박사님께 저녁을 내고 싶거든요."

"선생님……."

"게다가 손님도 있다던데 박사님 신용도 생각해야죠."

"그렇지만……."

"서둘러 주세요. 저녁 시간 다가오는 거 모르세요?"

창하가 다그쳤다. 잠시 멍 때리던 로건은 결국 창하의 요청대로 핸들을 꺾었다. 창하에 대한 기대감 때문이었다.

"……!"

창하의 등장에 젠슨은 당혹스러운 표정을 지었다. 민폐를 끼쳤다고 생각한 것이다.

"혼자 식사하니까 맛이 없더라고요."

창하가 수습에 나섰다. 젠슨은 별수 없이 창하를 합류시켰다.

부검 사진부터 섭렵했다. 열다섯 소년이라지만 덩치는 성인과 유사했다.

탕, 탕!

총알은 두 발이 발사되었다. 몸에 박힌 총알은 단 한 발이었다. 사입구도 작은 구슬만 하게 작았다. 그 작은 구멍이 모든 걸 결정했다. 심장을 관통한 것이다.

총은 가슴팍에 수직으로 들어가 심막을 뚫었다. 우심실에 구멍을 내고 우폐를 두 동강 내버렸다. 사입구 주변에는 그을음이 선명했다.

소년의 주먹과 손가락 여기저기에 상처가 남았다. 격투를 벌였다는 증거였다. 사진에 드러난 외관의 모습만으로는 적어도 소년의 공격이 더 압도적임을 알 수 있었다.

시신은 오지 않았지만 다른 증거물들은 왔다. 소년이 입었던 차이나넥 셔츠 등이었다. 거기 총격의 흔적으로 불리는 스티플링이 보였다. 스티플링은 총이 중간 거리에서 발사되었음을 보여주는 증거물이다. 피부나 옷에 스티플링이 없다면 멀리서 발사된 것이다.

젠슨이 현재의 상황을 설명했다.

"총탄은 소년의 상처와 일치합니다. 옷가지의 구멍에서 그을음이 증명되었고 총격 당시의 불꽃으로 인해 불에 탄 흔적도 있습니다. 소년의 혈흔은 물론이고요."

"……"

"그을린 자국과 납, 화약 가루까지는 검출되었지만 탄환의 패턴까지는 밝혀내지 못했습니다. 여러 문제가 있지만 법정에서는 이게 최고의 이슈거든요. 심장을 뚫은 총알이 발사될 때 누가 공격자의 위치에 있었는가?"

공격자의 위치가 중요한 건 정당방위의 기준이 되기 때문이다. 공격자의 위치에서 쏘았다면 살인이고 당하는 입장에서 쏘았다면 자구책이었다.

골똘하던 창하, 탄환 실험 결과에 눈길을 둔 채 한마디를 보탰다.

"그 이슈만이 문제라면 박사님은 이미 이 부검을 해결하셨습니다."

"예?"

돌발적인 발언에 젠슨의 시선이 벼락처럼 튀었다. 골머리를 썩고 있는데 이미 해결되었다고?

　　　　*　　　　　*　　　　　*

법은 결과를 다룬다. 과정은 참작의 계가가 될 뿐이다. 그렇기에 이 사건이 쟁점화된 것이다. 미국에서 인권탄압의 피해자이자 약자의 하나로 불리는 흑인들이다. 더구나 소년이 총을 맞았다. 총을 쏜 사람은 백인이다. 너무나 흔한 프레임이지만 사회문제가 되는 건 100년 전이나 지금이나 변함이 없었다.

"일단 사건 내역부터 좀 보겠습니다."

창하가 원하니 사건 서류를 넘겨주는 젠슨.

창하가 서류를 검토했다. 목격자가 둘 있었다. 둘 다 노숙자이자 마약쟁이들이었다.

한 히스패닉 계열 노숙자가 말한다.

"백인 남자가 흑인 소년 뒤를 따라가고 있었어. 고추를 주물럭거리면서. 뻔한 거 아냐?"

중국 계열의 노숙자 말은 조금 다르다.

"흑인이 백인 뒤를 따라가고 있었어. 꽤 오래 그랬지? 저놈이 퍽치기를 하려나 하고 말았어. 뭐 여기서 그런 일이 한두 번이야?"

서류상 진술은 히스패닉이 선행했다.

「백인 중년 남자가 고추를 주물럭거리며 흑인 소년을 따라간다.」

배경은 어두운 심야다. 배심원들에게 영향을 미칠 수 있었다.

"어떻게 이렇게 상반된 목격자가 나올 수 있을까요?"

창하가 젠슨을 바라보았다.

"그건 나도 모르죠. 목격자 중의 하나가 거짓말을 했던지 아니면 두 놈 다 약에 취해 헛것을 봤던지."

"그럼 백인 남자의 집은 어느 쪽이었습니까?"

"다리 건너편."

"그렇다면 흑인 소년이 뒤를 따라가는 게 맞겠군요?"

"그렇겠군요."

"……."

서류를 넘기던 창하 시선이 다시 멈췄다. 경찰이 적어놓은 당시 상황의 한 줄이었다.

―사타구니에 오줌을 지린 흔적이 있다.

다음으로 보도블록 공격에 대한 사안을 보았다. 소년의 손에는 보도블록의 잔해가 있었다. 그러나 둘이 쓰러져 구른 곳에 깨진 보도블록이 많았으므로 특정할 수 없다는 쪽이었다. 그 예로 백인 남자의 손에도 보도블록의 잔해는 묻어 있었다.

다음은 백인 남자의 진술이다. 그는 낮은 교각에 기대 피를 닦다가 출동한 경찰에 검거되었다. 뒷덜미에 상처가 있지만 보도블록에 맞았다기에는 약했다.

"운 좋게 빗맞은 겁니다."

그의 진술이었다. 그것 외에도 상처는 많았다. 코뼈가 내려앉고 이빨이 두 개 나갔다. 이마와 턱에도 타박상과 찰과상이 많았다. 상처는 주로 '얼굴과 머리' 쪽이었다.

그러나 여기서 백인에게 불리한 진술이 나온다. 그가 정당방위로 총을 쏘았다는 지점과 흑인 소년의 시신 지점이 확연히 다른 것이다. 그곳은 최후 총격으로부터 약 3미터나 멀어 강물과 가까웠고 혈흔 역시 그곳에서 정점을 이루고 있었다.

「시신을 유기하려 했다.」

배심원들의 분위기가 그쪽으로 흘렀다.

"이 선생님, 이 증언은 총격 상황 중에 누가 공격자의 위치인가가……"

젠슨이 이슈를 상기시켰다. 법정 증언 시간이 임박하기 때문이었다.

"알고 있습니다. 하지만 인과관계 없이 결과만 달랑 나올 수는 없지요. 더구나 법의학 아닙니까?"

"……."

창하의 말에 젠슨이 침묵했다. 그것은 절대 명제였다.

"죄송합니다."

"아닙니다. 내가 시간에 쫓기다 보니……."

"이슈의 증명만을 위한다면 소년의 옷이면 될 것 같습니다. 그러나 결과만 내밀게 되면 결국 다른 의혹이 삐져나올 겁니다. 그래서 전체를 조율해 보는 것이니 양해해 주시기 바랍니다."

"그러세요."

대답을 하면서도 젠슨은 자꾸 시계를 보았다. 창하는 그게 마음에 걸렸다.

"법정 증언 시간이 얼마나 남았죠?"

"40분 정도?"

"그럼 가시죠. 가면서 제가 차에서 설명을 드리겠습니다."

"이 선생님."

"결론부터 공개하자면 총알이 발사될 때 공격자의 위치는 흑인 소년이었습니다. 백인은 흑인 소년에게 깔린 상태에서 총을 쏬습니다."

"……?"

"옷이 증거입니다. 설명은 가면서 해드리죠."

"탄환 분석 서류는요?"

"그건 필요 없습니다."

"⋯⋯."

"⋯⋯."

"알겠습니다."

젠슨이 동의했다. 창하는 확신에 차 있고 시간은 촉박했다. 창하를 믿는 수밖에 없었다.

부릉!

차가 출발했다. 운전대는 젠슨이 잡고 창하는 조수석에 동석을 했다.

"이 셔츠 말입니다."

창하가 소년의 옷을 집어 들었다. 증거 보관용 시트에 든 채로였다.

"애당초의 부검에서 나온 결과 말입니다. 권총은 소년의 몸에서 8㎝ 정도 떨어진 상태에서 발사된 것으로 나왔습니다."

"그렇죠."

"소년의 차이나넥 셔츠도 그런 것으로 나와 있고요. 섬유가 해진 것이나 그을음, 납의 기화물들 말입니다."

"⋯⋯."

"다만 한 가지 의문이 있습니다."

"뭐죠?"

"이 차이나넥 셔츠의 무게 말입니다. 혹시 이 상의에 뭔가가 들어 있었나요?"

"그런 건 들어보지 못했는데요?"

"그럼 하의는요? 하의에 주머니가 있었나요? 하의는 오지 않아서 말입니다."

대화하는 사이에 법원 건물이 가까워졌다.

"잠깐만요."

차를 세운 젠슨이 핸드폰을 뽑아 들었다.

"여보세요."

그가 전화를 한다. 상대는 현장에 출동한 경찰이었다.

"그 소년 말입니다. 네, 네……."

얼마의 통화 후에 젠슨이 창하를 돌아보았다.

"하의는 잠옷 비슷한 거라서 주머니가 없다고 합니다."

"그럼 핸드폰이 있었냐고 물어봐 주세요. 현장에 말입니다."

"있었다는군요."

"어디죠?"

"백인 남자가 주장하는 총격 위치에요."

"됐습니다."

창하 표정이 한층 밝아졌다.

"이 선생님."

"작은 의문이 있었는데 이제 다 사라졌습니다. 차이나넥 셔츠가 옷의 무게보다 몸에서 더 많이 벌어진 이유 말입니다."

"이 선생님."

"이제 진짜 결론을 말씀드리죠. 왜 소년의 차이나넥 셔츠

하나로 끝날 수 있는지 말입니다."

"이 증언, 차라리 이 선생님이 들어가세요."

"예?"

"이 선생님이 법정에 서시라고요. 제가 조치하겠습니다."

"박사님."

"두려워서 그러는 게 아닙니다. 지금 그 생각 말입니다. 저도 이제야 감이 오는군요. 하지만 결국 이 선생님의 머리에서 나왔습니다. 그렇다면 그 설명 또한 이 선생님이 해야 가장 설득력이 클 것 같습니다."

"박사님."

"한 다리 건너면 전달력이 약해집니다. 안 그렇습니까?"

"뉴욕검시센터의 닥터 젠슨입니다."

법정의 안내 멘트가 나오자 젠슨이 입장을 했다. 열한 명의 배심원들은 일제히 그를 주목했다. 검찰 측과 변호인 측도 시선을 가다듬었다. 두 번째 공판까지 공방의 승부를 가리지 못한 검찰과 변호인단이었다. 그렇기에 더욱 촉각을 곤두세우는 것이다.

"닥터 젠슨입니다."

젠슨이 증인 선서대 앞에 섰다.

"존경하는 배심원 여러분, 그리고 검찰과 변호인 여러분."

선서대에 손을 올린 젠슨이 말문을 열었다.

"오늘 여러분은 우리 뉴욕검시센터의 탄환 분석 결과를 기다리고 계십니다. 저희는 물론 공정한 재판과 결정을 위해 오직 과학적인 진실만을 찾으려고 노력했고 마침내 그 진실을 찾아냈습니다."

"찾았다고?"

"과연 뉴욕검시센터로군."

배심원들이 웅성거렸다.

"다만 그 진실을 찾아낸 사람은 우리 센터 팀원이 아님을 먼저 말씀드립니다."

"무슨 소리야? 센터 팀원이 아니라니?"

다시 한번 웅성거림이 쏟아진다. 이번에는 공판 검사와 변호인도 술렁거렸다.

"주지하다시피 진실은 한 사람을 건너면 왜곡될 소지가 있으니 법과학 또한 다르지 않아 직접 법과학 분석에 참가한 사람이 아니면 정확한 전달이 어려울 수 있습니다. 따라서 저는 이 자리를 탄환 분석에서 직접 진실을 찾아낸 법의관에게 양보하고자 재판장님과 여러분의 허락을 요청합니다."

젠슨의 시선이 판사에게 향했다.

"법정의 요청은 뉴욕검시센터였습니다. 어떻게 된 일인지 소명해 보세요."

판사가 경위를 요청했다.

"고백하건대 저희 분석 팀은 여러 각도에서 탄환 발사의 진실을 파헤쳤지만 명백한 진실에 다가서기 어려웠습니다. 그러나 이분은 탁월한 과학적 식견과 탄도학으로 단숨에 진실을 꿰뚫어 보았습니다. 그렇기에 신성한 법정을 속일 수 없어 진실을 말씀드린 것입니다."

"그럼 그는 뉴욕검시센터의 전문가가 아니란 말씀입니까?"

"정확히 말씀드리자면 초빙 전문가이니 완전히 아닌 것은 아닙니다."

"그렇다면 법정의 규정에서 완전히 벗어나는 것은 아니로군요. 검찰과 변호인단, 배심원 측에서 문제를 제기하지 않으면 본 법정은 닥터 젠슨이 추천하는 사람의 증언을 허락합니다."

판사의 시선이 법정 아래로 내려갔다.

"일단 그 사람이 누군지부터 밝혀주시기 바랍니다."

변호인과 배심원단의 요청이 나왔다.

"얼마 전에 일어난 허드슨강 참변에서 종횡무진 각국 사망자의 신변을 구분해 낸 단 한 사람, 아울러 미궁에 빠진 컨테이너 자살극 사인을 명쾌하게 증명한 코리아의 법의관, 이창하 선생입니다."

"이창하?"

"아, 그 코리안."

여기저기서 인증 감탄이 나왔다. 허드슨 강변의 참변은 무려 800명 이상의 희생을 낸 대참사였다. 그렇기에 세 살 먹은 아이들도 알고 있었으니 배심원들 중에서 창하를 모르는 사람은 극히 일부에 불과했다.

"증인 교체에 이의 없습니다."

마침내 법정 동의가 이루어졌다.

"이창하 선생님."

증인석의 젠슨이 출입구를 바라보았다. 판사의 지시와 함께 문이 열리니 창하가 들어섰다. 복장은 부검복이었다. 검시관의 자격으로 오는 것이니 형식까지 갖춘 것이다.

젠슨이 내려와 창하를 안내했다. 선서대의 성경 위에는 이제 창하의 손이 올라가 있었다.

"증인 이창하는 오직 진실만을……."

선서는 간결했다.

"이 재판에서 이슈가 되는 부분은 심장을 쏜 탄환이 어떤 상황에서 발사가 되었느냐를 다투고 있다고 들었습니다."

창하가 증언을 시작했다.

"그 결과를 밝히기 전에 결과에 이르는 과정을 짚어볼 수 있기를 요청합니다."

"수락합니다."

판사가 답했다.

"먼저 두 사람의 만남입니다. 혹자는 피터가 알렉스를 쫓아갔다고도 하고 또 혹자는 알렉스가 피터를 노렸다고도 합니다."

창하는 흑인 소년과 백인 남자의 이름을 정확하게 호명했다. 이 사건을 제대로 꿰고 있음을 알리는 것이다.

"⋯⋯."

배심원들은 잠시 귀를 기울였다.

"하지만 제 판단에는 두 목격자의 의견이 엇갈리는 게 아니라 둘 다 맞다는 것입니다."

"무슨 뜻입니까?"

검사 측에서 먼저 제동을 걸었다.

"두 상황은 한 상황 안에서 쪼개졌다는 뜻입니다."

"한 상황 안에서 쪼개지다뇨?"

"우선 피터가 알렉스를 쫓아가는 중이었다면 알렉스는 집으로 가는 길이었습니다. 그곳으로 쭉 가면 그의 집이 나오니까요. 그런데 알렉스가 피터를 따라가는 걸 봤다는 것 역시 맞는 말입니다. 만약 어느 지점에서 알렉스가 피터를 돌아봤다면 말입니다."

"⋯⋯?"

"후자를 목격한 지점은 다른 곳보다 조금 어두운 곳이더군요. 술 취한 알렉스는 요의를 느꼈을 수 있습니다. 그래서 무의식중으로 사람이 있나 돌아보았고, 그를 따라가던 피터 역시 잠시 돌아서 딴청을 부렸습니다. 바로 그런 장면이라면 두 목격자의 말이 다 맞을 수 있습니다."

"우리가 궁금한 건 총격 상황에서 누가 공격자였느냐 하는 겁니다."

이번에는 변호사가 팩트를 주지시키고 나왔다.

"알고 있습니다. 그러나 총격은 어느 순간 불쑥 나온 것이 아니고 이런 과정의 연결 선상에 있는 것입니다. 그렇기에 잠시 설명을 붙이고 있습니다."

"짧게 끝내주십시오."

판사도 말을 보탰다. 세 번째 공판이니 이해가 되었다.

"알겠습니다. 그런데 바로 그 진실을 알기 위해서는 누가 거짓말을 하느냐의 문제가 대두됩니다. 만약 알렉스가 진실을 말하고 있다면 굳이 탄환 재분석의 수고를 하지 않으셔도 되었겠지요."

창하는 기죽지 않았다. 예스냐 노냐만을 말하는 게 법의학의 임무라면 그보다 슬픈 일도 없었다. 검사와 판사 역시 범행의 동기와 과정을 따라가면서 결과를 도출하는 것 아닌가?

"제가 굳이 목격담부터 시작한 건 알렉스가 오줌을 지린 흔적이 있기 때문입니다. 그것은 곧 그가 직전부터 요의를 느꼈다는 증거이며 사타구니를 만져야 했던 이유이기도 합니다."

"팩트만을 요청합니다."

다시 검사의 다그침이 나왔다.

"그 즈음에서 피터의 공격을 받았습니다. 초동수사에서는 관심을 갖지 못했겠지만 그 근처 어딘가에 알렉스의 소변이 있을 겁니다."

"당신은 지금 피고인 변호를 하러 나온 겁니까? 그렇다면 총을 맞은 소년을 유기하려고 강물 가까이로 옮겨놓은 것은 어떻게 설명할 겁니까?"

공판 검사가 목청을 높였다.

"바로 거기까지만 얘기하고 결론을 말씀드리려 했습니다. 그건 유기가 아니고 피터가 굴러간 것입니다."

"심장에 관통상을 당한 열다섯 소년이 어떻게 움직일 수 있단 말입니까?"

"다른 사람은 몰라도 법의학자는 그 답을 줄 수 있습니다. 지금 제가 이 자리에서 당신의 심장을 떼어낸다고 해도 당신은 10초 이상 말하거나 움직일 수 있습니다. 사람의 언어중추와 운동을 관장하는 것은 심장이 아니고 뇌니까요. 그리고 그 뇌에는 비상시에도 15초 정도 반응할 수 있도록 산소가 저장되어 있습니다."

"······?"

"피터는 15초가 아니라 1분 이상 살았을 겁니다. 1분이라면··· 육상선수가 몇 미터를 달릴 수 있습니까? 피터가 그보다 더 멀리도 갈 수 있는 시간입니다."

"증인!"

이제는 배심원석에서 원성이 나왔다. 재판의 주인공은 그들이다. 판검사와 변호사, 그리고 배심원들. 그러나 그들은 이 사건에 대해 결정권만 있을 뿐 진실을 볼 능력은 없었다.

그 진실은 오직 창하의 손에 있었다. 그렇기에 형식이나 맞춰주는 들러리로 끝날 수 없었다.

"오래 기다리셨습니다. 다들 팩트를 원하시니 이제 그 팩트를 공개하겠습니다."

"당신이 수행한 법의학적 검사법과 실험법을 다 함께 공개해 주기를 요청합니다."

누군가가 외쳤다. 그게 누군지 창하는 개의치 않았다.

"제가 수행한 건 총에 맞은 피터의 시신과 그의 옷가지들입니다. 총탄은 법의학에서 말하는 중간 거리, 그중에서도 약 10㎝ 미만의 거리에서 발사되었습니다. 그 증거로 피터의 심장에 탄환이 들어갔고 옷에는 구멍과 그을음, 화약 가루와 납의 흔적, 피터의 혈흔이 남았습니다. 즉 간단히 말해 총탄은 피터의 '옷'에 대고 발사되었다는 겁니다."

"그건 초기 부검에서 이미 알려진 사안입니다."

"진실은 그때 이미 밝혀져 있었습니다. 여러분들 모두가 잠시 간과했을 뿐."

"증인!"

"탄환 발사의 순간!"

창하의 목소리가 올라갔다. 법정의 모든 눈과 귀는 이제 창하에게 쏠려 있었다. 잠시 그들의 촉각을 사로잡은 창하, 또렷한 목소리로 결과를 발표했다.

"공격자는 피터였습니다."

창하의 입에서 팩트가 나왔다.

"어떻게 말이오? 알아듣게 설명하시오."

"피터의 옷이 말하고 있습니다. 피격의 순간, 누가 공격자의 위치이고 누가 피공격자의 위치인지."

"증인."

"만약 피터가 아래에 깔린 채 총을 맞았다면 총알이 수직으로 박히기 어려웠을 겁니다. 가슴으로 들어와 어깨 쪽으로 나가는 게 자연스럽겠죠."

"피고가 총을 수직으로 세워서 쐈을 수도 있잖습니까?"

"그랬다면 피터의 가슴에 압박 흔적이 있었을 겁니다. 다시 말하지만 총은 피터의 옷에 접한 채 발사되었지 몸통에 접하지는 않았습니다. 옷과 가슴의 거리가 10㎝ 미만. 그런데 이 차이나넥 셔츠 말입니다. 상의 주머니에 뭔가를 넣고 몸을 숙이면 딱 그만큼 벌어지더군요."

"……?"

"바로 피터의 핸드폰입니다. 그걸 상의 주머니에 꽂고 격투 중이었어요. 주머니 크기가 빡빡해 여간해서는 빠지지 않죠. 같은 이유로 만약 피터가 아래쪽이었다면 옷은 몸에서 떨어질 수 없습니다."

"피고가 멱살을 잡아당기며 쐈을 가능성도 있습니다."

"그랬다면 역시 옷과 피터의 가슴 총탄 흔적이 직선을 이룰 수 없습니다. 피격의 순간, 공격자는 열다섯 소년 피터였습니다."

"……."

"이상으로 증언을 마치겠습니다."

증인석의 창하가 판사와 검사, 변호사들에게 예를 갖추었다. 마지막으로 배심원들에게도 예를 갖추고 정중히 돌아섰다. 창하가 밖으로 나올 때까지도 법정은 개미 소리 하나 내지 않았다. 완전한 법정 평정이었다.

누가 들러리냐?

내심 통쾌함이 폭발했다. 법의학으로 도출된 증거는 정의의 한 부분이다. 법의학은 진실을 왜곡하지 않기 때문이다. 당신들 중 누가 이 명제를 부정할 것인가?

한마디로 입맛 당기는 오후였다.

제6장
—
화려한 귀국

"리암입니다."

아담한 식당의 야외 테이블에서 한 남자가 인사를 해왔다.

"이창하입니다."

창하도 정중한 인사로 답했다.

"두 사람이 첫 만남부터 예사롭지 않군요."

리암을 데려온 젠슨이 웃었다. 탄환 분석 법적 증언이 쿨하게 끝난 직후라 그도 가벼운 표정이었다.

"여기 리암은 캐나다 법독극물 분야에서 천재적인 능력을 발휘하는 사람입니다. 지구촌의 모든 독극물은 그의 손에 있다고 봐도 되죠."

"과찬이십니다. 이제 겨우 병아리 신세를 벗어난 걸요."

리암은 겸손했다. 그러나 젠슨의 말은 결코 허언이 아니었다. 캐나다는 법독극물 분야의 선진국이다. 거기서 최고라면 바로 세계 최강이었다.

"말은 이렇게 하지만 두어 달 전에 미국을 떠들썩하게 한 독극물 칵테일 독살 사건도 단칼에 해치웠지요. 그때 쓴 독극물이 아마 법의학 사상 최초의 물질이었죠?"

"독극물이야 너무 많으니까요. 솔직히 물이나 공기까지도 독극물로 쓰일 수 있잖습니까?"

"여기 이창한 선생도 리암 못지않게 대단한 분입니다. 아시아는 말할 것도 없고 우리 미국에서도 두 손을 들고 있어요."

"별말씀을……."

창하도 겸손하게 칭찬을 피해갔다.

"아닙니다. 닥터 젠슨께서 당신 말을 할 때 감을 잡았죠. 이분이 여간해서는 칭찬하지 않거든요. 법의학이란 미지를 찾아가는 과정이니 자칫 잘못된 칭찬이 사람을 망친다는 신념을 가지셨어요."

리암이 창하를 바라보았다.

"뼈에 와닿는 말이군요. 미지를 찾아가는 과정……."

"저는 이제 겨우 그 미지라는 섬에 올라온 셈입니다. 이 선생님은 어떻습니까?"

"저 역시 다르지 않지요. 총도, 약도, 칼도, 심지어는 줄 하나도 똑같은 상황에서 목숨을 가져가는 게 아니니까요."

"명언이군요. 100% 공감합니다."

대화하는 사이에 식사가 나왔다. 굉장히 소박하면서도 고급스러운 코스 요리였다.

"닥터 방이 죽었다는 소식을 들었을 때, 저는 사실 굉장히 좌절했습니다. 법의학의 새 지평을 개척할 줄 알았던 기대감이 완전하게 박살 난 거죠. 그런데 최근 다시 그런 기대를 갖게 되었습니다."

젠슨은 요리처럼 소탈한 이야기를 이어갔다.

"의학에서는 여전히 찬밥 분야인 우리 법의학… 여기 두 분을 비롯해 레일라와 케빈, 브릴리앙 등이 이 분야의 신성으로 떠오르고 있어 고무적입니다."

"……"

창하와 리암은 조용히 경청했다. 젠슨의 사람 됨됨이를 아는 까닭이었다.

"이제 여러분이 중심이 되어 우뚝 서면 법의학이 의학을 뛰어넘는 세상을 만들지도 모릅니다. 산 사람 살리는 것도 중요하지만 이제는 죽음을 관조하는 것도 중요해진 사회가 되었으니까요."

젠슨은 법의학에 대해 긍정적이었고 미래를 제대로 관조하고 있었다. 사회는 폭발적으로 발전했다. 그 속의 개인은 원자화로 치닫고 있다. 사람들은 이제 죽은 사람이 왜, 어떻게 죽었는지에 대해서도 관심을 기울이기 시작했다. 불치의 질병 극복처럼 죽는 과정의 분석에도 가치를 두는 것이다. 이 분위기를 탄다면 중심축이 법의학으로도 넘어올 수 있었다.

"저도 이번 허드슨 강변 테러를 보면서 그런 생각을 했습니다. 저 비극은 법의관이라는 의사만이 더 빨리 수습할 수 있다. 사람들에게 회복의 기쁨을 안겨주는 것도 가치가 있지만 슬픔의 크기를 줄여주는 것도 엄청난 가치가 있다고."

리암이 자신의 생각을 올려놓았다.

"저도 실은 그런 마음으로 진력했습니다. 누가 누군지 모르는 시신들……. 그걸 구분해 낼 수 있는 건 법의학뿐이니까요."

"어쨌든 멋지셨습니다. 그래서 꼭 한번 만나 뵙고 싶었습니다."

"여기 이 선생은 부검이나 법의학 실력만 멋지신 게 아니네. 법의학의 새 지평을 열려는 구상까지 가지고 있어서 더 빛나는 분이시지."

"어떤 구상입니까? 궁금해지는군요."

"세계의 법의학을 선도하는 법의학 연구센터."

"뉴욕검시센터처럼 말입니까?"

"그 이상이지. 자칫하면 미국 법의학을 발아래로 둘 정도로."

"와우!"

"박사님이 너무 질러가셨습니다. 코리아의 법의학이 어느 정도 수준을 갖췄음에도 국과수 중심의 답보 상태라 세계적인 수준으로 도약하기 위해 구상 중일 뿐입니다."

창하가 설명을 보탰다.

"젠슨 박사님 입에서 말이 나오는 걸 보면 구상 이상이겠죠. 그렇다면 당신의 구상 속에 과거사의 재부검도 포함되어 있습니까?"

리암이 의자를 당겨 앉았다. 흥미가 제대로 발동한 눈치였다.

"과거사라면?"

"예컨대 율리우스 카이사르 같은 영웅들 말입니다. 혹시 그것도 알고 계십니까?"

"당연하죠. 역사상 최초의 부검 아닙니까?"

"당신의 견해는 어떻습니까?"

"치명상은 견갑골의 상처였다죠? 그로 인해 심장이 관통되어 사망에 이르렀고요."

"기록을 보면 카이사르는 스물세 번의 공격을 받았다고 합니다. 얼굴부터 사타구니까지 무차별로 말입니다. 그런데 정말 단순히 흉기에 의한 공격뿐이었을까요?"

"으음, 당신의 생각은 그 위로 올라가 있군요."

"전제가 있잖습니까? 한번 동시에 말해볼까요? 우리가 서로 통하는지?"

"좋죠. 당신이 셋을 세세요. 그때 동시에 말하기로 하죠."

"하나, 둘, 셋."

"독극물!"

창하와 리암이 동시에 외쳤다.

"허어."

처음 보는 두 사람이 엄청난 속도로 의기투합해 가자 젠슨은 그저 어깨를 으쓱할 뿐이었다.

"제 생각과 같군요. 카이사르는 영웅입니다. 그런 그가 만만하게 당할 리 없지요. 저는 분명 그 전부터 치밀하게 독극물을 먹여 힘을 빼놓은 상태에서 공격을 했다는 쪽입니다."

"공감이 가는 주장입니다."

창하가 장단을 맞췄다.

"그렇다면 미국의 아이러니로 남은 케네디와 오즈월드는 어떻습니까?"

"그것도 개운치는 않지요."

"저는 그게 도플갱어 사건이라고 생각합니다."

"도플갱어요?"

"오즈월드는 범인이 아닙니다. 그가 아니라 그와 똑같이 생긴 러시아 비밀 요원이 케네디를 암살한 거라고요."

"거기도 독극물이 있겠군요. 가짜 오즈월드가 진짜 오즈월드를 죽일 때."

"와우, 맞습니다. 거의 복사본처럼 생긴 둘을 찾아 부검을 하면 제가 밝힐 수 있습니다. 독살된 쪽이 진짜 오즈월드가 되는 거죠."

"멋진 견해인데요?"

창하가 젠슨을 돌아보았다.

"뭐, 내가 기회가 생기면 백악관에 전해보지. 법독극물 분야의 1인자 리암이 케네디 사건의 진실 규명을 원한다고."

젠슨이 답했다.

"거기 이창하 선생님 이름도 붙여주십시오. 그럼 백악관도 구미가 동할 거 같습니다."

리암은 들떠 있다. 긍정의 에너지가 많은 사람이었다.

"이 선생님의 구상 말입니다. 저도 그 일에 참가할 수 없겠습니까? 현재의 법의학이라는 테두리에 얽매일 것 같지도 않고 게다가 이제 슬슬 캐나다와 미국 생활도 질려가던 참이라……."

"그래만 주신다면 영광이죠."

"저 농담 아닙니다. 이번 허드슨강의 테러로 희생된 분들의 신원을 가려내는 영상을 보고 감동 많이 먹었습니다. 꼭 한번 당신과 일해보고 싶습니다."

"그렇다면 조만간에 연락을 드리겠습니다."

창하가 콜을 받았다. 리암 같은 인물이라면 백 명이라도 참여시키고 싶을 뿐이었다.

"흐음, 역시 내 실수로군. 이거 우리 뉴욕검시센터의 위상이 점점 더 위태로워질 것 같은 예상이 드는데요?"

"박사님, 무슨 그런 말씀을……."

"그래도 기분은 좋군요. 이 퇴물 꼰대가 이 분야 미래에 한 건 올린 것 같아서 말입니다. 그런 의미에서 세계적으로 한잔

할까요?"

젠슨이 와인 잔을 들어 올렸다. 마다할 이유가 없었다.

쨍!

청아하게 울리는 건배 소리가 세 사람의 마음을 대변해 주었다.

그날 밤, 숙소에서 레일라를 만났다. 샴페인 두 병을 안은 채 그녀가 찾아온 것이다. 한 병은 창하와 만난 기념이었고 또 한 병은 다시 만나기를 기약하는 병이었다.

두 병 다 마셔주었다. 잔을 채우는 샴페인처럼 둘은 서로의 빈 곳도 채워주었다. 레일라는 그 어떤 날보다 뜨거웠고 창하 역시 그녀의 육체 연주에 완전하게 몰입했다.

"이것 봐. 부검만 잘하는 게 아니라니까요?"

그녀는 몇 번이고 거듭 자지러졌다. 밤은 그렇게 깊어갔고 아침은 지각도 없이 찾아왔다.

"다시 만날 날을 고대하고 있을게요."

아침 햇살이 호텔 창을 넘어오자 그녀가 창하 가슴팍에서 속삭였다. 이제는 흔적만 남은 그녀의 립스틱 위로 키스를 해주었다. 처음에는 까칠했던 레일라. 이제는 애정이 넘쳐흐른다. 미국의 여러 일정처럼, 그녀 역시 창하 인생에 중대한 기억으로 남았다.

마지막 스케줄은 영국이었다. 일주일을 쪼개 영국으로 날아갔다. 영국은 런던만 유명한 게 아니다. 그들의 법의학에 대한 자부심 역시 미국과 프랑스, 캐나다를 넘고도 남을 정도였다.

젠슨의 소개로 간 까닭에 엄청난 환대를 받았다. 미국의 마샬대학교와 쌍벽을 이루는 던디대학 법의학 과정을 돌아보고 킹스칼리지의 법의학 시스템도 체험하면서 창하가 꿈꾸던 법과학공사의 실전 매뉴얼과 서비스 분야까지 두루 살폈다.

하루하루가 지날수록 창하의 내연은 깊어지고 외연은 넓어졌다. 초유의 테러로 숨 가쁘게 날아갔던 미국 일정. 어쩌면 창하에게는 오히려 빛나는 경험이 되었다. 실전 능력으로 세계 법의학계에 각인이 되었고 창하 역시 엄청난 내공을 쌓은 것이다.

—세계 법과학을 선도하는 법과학연구재단.

창하가 지향하는 미래는 더욱 선명해졌다.

                    *   *   *

"이 선생님."

입국장으로 나오자 낯익은 목소리가 들렸다. 고개를 드니 광배와 원빈이 눈에 들어왔다.

"근무시간이잖아요?"

창하가 물었다.

"걱정 마세요. 땡땡이치는 거 아니고 반가 냈으니까요."

"저 환영하려고요?"

"당연하죠. 허드슨강 사자(死者)들의 명의 귀환이잖아요."

"명의는 무슨……. 그렇다고 아깝게 반가를 내요? 제가 가면 만날 텐데요."

"저희끼리 일찍 돌아온 것만 해도 죄송하거든요. 한국에서 스포트라이트 받은 것도 그렇고요."

"스포트라이트요?"

"모르셨죠? 그동안 저희들 완전히 스타로 떴어요. 선생님이 없는 바람에 호가호위한 거죠."

"천 선생님."

폭주하는 원빈을 버려두고 광배를 바라보는 창하.

"우 선생 말이 맞습니다. 돌아오니 국내 기자들이 그냥 내버려 두지 않았습니다. 방송 출연에 신문 인터뷰에……."

"그렇다면 잘되었군요. 두 분도 그럴 자격 있습니다."

"그러니 저희가 어떻게 여길 안 오겠어요? 자수도 할 겸 반가 냈죠. 뭐, 소장님은 반가 내지 말고 그냥 가라고 했는데 방송에 영웅처럼 나오고 보니 일거수일투족에 책임감이 뒤따라서요."

"잘하셨습니다."

"자, 그럼 어디로 모실까요? 식사? 집? 국과수, 어디든 문제없습니다."

"일단 국과수로 가죠. 소장님, 과장님께 보고는 드려야죠."

"어련하시겠습니까? 그럼 가시죠."

원빈이 출입문을 가리켰다. 그 순간 반듯한 양복 차림의 두 사람이 원빈을 막아섰다.

"실례합니다."

"뭐죠?"

원빈이 물었다.

"저희는……."

그중 한 사람이 원빈 귀에 대고 속삭였다. 원빈이 창하에게 상황을 전했다. 두 사람은 청와대 행정관들이었다.

"청와대에서 나왔다는데요?"

"청와대?"

"대통령께서 뵙기를 원하십니다. 허드슨강 테러 사건에서 한국을 대표해 큰일을 하셨다고……."

행정관이 창하에게 말했다.

"별일도 아니었는데……."

"타시죠. 대통령께서 다음 일정 때문에 오래 기다리시지 못합니다."

행정관이 검은 세단을 가리켰다.

"장하십니다."

집무실의 대통령이 창하 손을 잡았다. 다과를 나눈 이후의 독대였다. 일개 검시관과 대통령의 독대다. 화려한 귀국이 아닐 수 없었다.

"대통령께 누가 되지 않았다니 다행입니다."

"누라뇨? 아무것도 도와주지 못해 미안할 따름입니다. 이 선생님 미국으로 날아간 이후부터 우리 비서관들은 하루도 빠짐없이 상황을 체크했습니다. 이 선생의 빛나는 분투 말입니다."

"그 덕분에 제가 피곤하지 않았군요."

"말도 안 됩니다. 아무튼 그 혼란과 비통의 장소에 우리 검시관이라뇨? 세계의 혀를 내두르게 한 신원 파악이라뇨? 정말이지 그 감동과 전율이란……."

"대통령께서 그 일을 맡았더라도 그랬을 겁니다. 비통해하는 가족들에게 시신이라도 빨리 돌려줘야 했으니까요."

"그 일로 백악관 주인의 전화도 받았습니다. 이 선생 칭찬이 자자하더군요. 덕분에 이 사람도 목에 힘 좀 줬지요."

"대통령께 도움이 되었다면 더욱 영광입니다."

"그래. 나머지 일정은 어땠습니까? 테러에 너무 진을 빼느라 아무것도 못 한 건 아니신지?"

"아닙니다. 미국과 영국의 법과학 시스템부터 경찰 수사 시스템까지 꼼꼼하게 돌아보고 왔습니다. 허드슨강 테러 덕분인지 제게 다들 호의적이었습니다."

"그래야죠. 그게 아무나 할 수 있는 일이었습니까?"

"대통령께서도 관심을 가져주시니 고마울 뿐입니다."

"내가 할 수 있는 일이 이것밖에 더 있나요? 그나마 긴 비행에 피로하실 분을 납치해 와서 미안하기 짝이 없습니다."

"천만에요. 덕분에 피로가 싹 가시고 있습니다."

"해서 이 염치없는 대통령이 훈장을 하나 내리도록 지시해 두었습니다. 그렇게 아십시오."

"훈장 말씀입니까?"

"이 선생님이라면 당연히 받아야 하는 것 아닙니까? 이번 일이 비록 다시는 일어나서는 안 되는 비극이지만 우리 대한민국의 국위선양에 일익을 담당한 것 또한 분명합니다."

"죄송하지만 저 혼자 받는 것입니까?"

"부검의는 선생님 혼자가 아니었습니까?"

"하지만 세 명이 한 팀으로 움직였는데……."

"어시스트를 맡은 두 사람 말이군요. 그 사람들은 대통령 표창으로 대신하겠습니다."

"그러시면 저도 대통령 표창으로 부탁드립니다."

"예?"

"허드슨강의 테러 현장에서 저희 셋은 한 몸으로 일했습니다. 그런데 저 혼자만 좋은 훈장을 받는 건 경우가 아닌 것 같습니다."

"이게 직급이라는 게 있지 않습니까? 이 선생님은 사무관 이상의 고위 공무원군이고 그 두 사람은 6급 이하의……."

"직급에는 격이 있을지 모르지만 사람을 구하는 손길에는 격이 없다고 생각합니다. 그러니 저도 대통령 표창을 주시면 감사하겠습니다."

"이 선생님……."

"사실 저보다 허드렛일을 더 많이 한 건 그 두 사람입니다. 제 양심상……."

"허어, 이것 참… 그럼 잠깐만 기다려 보십시오."

대통령이 수화기를 들었다. 비서관을 찾아 통화를 나눈다. 몇 가지 의견을 듣더니 비로소 수화기를 놓는 대통령.

"비서관 말이 그건 안 될 일이라며 그 두 사람에게는 가장 낮은 훈격의 훈장을 주는 방법을 찾아보겠답니다. 그럼 되겠습니까?"

"대통령님."

"대통령의 체면을 보아 그쯤에서 수락해 주시기 바랍니다."

대통령이 푸근한 미소로 창하를 달랬다. 이만큼 고려를 해 주니 군소리 없이 명을 받았다.

─으아악, 훈장요?

돌아가는 길, 창하가 원빈에게 전화를 걸었다. 원빈이 자지러졌다.

"쉿, 아직은 그냥 검토 중이라고만 하셨습니다."

창하가 주의를 당부했다.

―그, 그래도 그렇죠. 선생님은 몰라도 우리 같은 하위직도?

"두 분이 어때서요? 허드슨강 참변 현장에서 대한민국을 대표하던 국대 검시 요원 아니었나요?"

―선생님.

"아니었군요? 그럼 그때 자기 몸 사리지 않고 처절하게 저를 돕던 두 사람은 어느 나라 사람이었을까요? 중국 사람? 아니면 일본 사람?"

―…….

"갈 때도 셋이었고 악몽의 현장에서도 셋이었으니 훈장을 타도 셋이 같이 탑니다. 그런 줄 아시고 천 선생님께도 전해주세요."

―선생님…….

수화기 너머의 원빈 목소리가 미어지고 있었다. 허드슨강에서 느꼈던 뜨거운 자부심. 그 감동이 다 가시기도 전에 새로운 긍지를 심어주는 창하였다.

"이어, 이창하 선생."

원장이 반색을 하며 일어섰다. 피경철과 둘이 들어서는 창하를 뜨겁게 환영하는 원주 본원의 원장이었다.

"장하시네. 이 선생 덕분에 우리 국과수 위상이 확 높아졌네. 당장 일본과 중국 쪽에서 연수 신청과 협력 연구 건이 들어와 있다네."

"다 원장님의 지원 덕분입니다."

창하가 인사를 챙겼다.

"내가 무슨, 그래, 귀국하면서 청와대에 들렀다 왔다고? 비서실에서 연락을 받았네."

"예, 대통령께서 차 한잔하자고 하셔서……."

"좋아하시던가?"

"너무 반기셔서 얼굴이 뜨거울 정도였습니다."

"뜨거워도 되네. 아, 이런 경사가 언제 또 일어나겠나? 우리도 볕 좀 쬘 때가 있어야지."

"예."

"그래, 건강은 어떤가?"

"괜찮습니다."

"아무튼 고맙네. 자네 분투 덕분에 내년 신입 검시관 채용은 숨통이 좀 뚫릴 것 같네. 벌써부터 문의가 잇따르고 있다는 거야."

"그러기를 바랍니다."

"그리고 지금 자네 승진 이야기가 나오고 있네만……."

"승진이라고요?"

"미국 검시관 시험에 합격했지 않나? 본래 국과수 검시관 채용 규정상 전문의 경력이 있으면 서기관 채용일세. 미국 검시관이라면 그에 버금가는 조건이 될 수 있지."

"그게 승진과 연관되는지는 생각해 보지 않았습니다."

"자네라면 당장 국과수 원장이 된다고 해도 뭐라 할 사람이 없지. 특진도 문제없을 상황이니 승진 정도가 문제겠나. 위에서 다각적인 검토를 하는 모양이던데 결과 나오는 대로 알려 드리겠네."

"여러모로 애써주셔서 고맙습니다."

"천만에. 여기 피 소장님도 그렇지만 나도 자네 덕분에 얼굴 세우고 다니는 사람일세. 심지어는 집안에서도 말이야."

"집안은 왜요?"

"솔직히 그동안은 친족 모임에 나가도 그러려니들 하더니 이제는 굉장한 관심을 보인다네. 한마디로 찬밥 신세 벗어난 거지. 이게 다 누구 때문이겠는가?"

"누구 때문은요. 그동안 음지에서 분투하시면서 길을 닦아오신 두 분 덕분이지요."

"허헛, 사람, 진솔하기는……."

"그럼 저는 온 김에 선배님들께 인사 좀 챙기고 가겠습니다."

"그러시게. 다들 자네 보려고 난리들이야."

원장이 문을 가리켰다.

이제는 본원에도 아는 사람이 넘치는 창하. 검시관들을 시작으로 한 사람 한 사람 찾아 인사를 전했다.

"아이고, 이 선생님."

모두가 기껍다. 뜨겁게 환대해 주니 고마울 뿐이었다.

*   *   *

서울사무소로 돌아왔다. 막 사무실 문을 열고 들어서는데 책상의 전화기가 울린다. 그걸 받기 무섭게 원빈과 광배가 뛰어 들어왔다.

—이 선생.

수화기에서는 피경철의 목소리가 흘러나왔다. 원빈과 광배의 얼굴을 보니 무슨 일이 일어난 건지 알 것 같았다. 그 두 사람이 합창으로 소리를 쳤다.

"우리가 훈장을 받는답니다."

"잠깐만요."

둘을 진정시키며 소장의 전화를 받았다.

—이 선생, 사무실 들어서기 무섭게 따끈한 연락이 들어왔네.

흥분 게이지에 만땅을 찍은 소장 목소리가 계속 이어졌다.

—자네와 우 선생, 천 선생에게 훈장 수여가 확정되었다는 소식이야.

"정말입니까?"

—그래. 자네는 수교훈장 홍인장, 두 사람은 숙정장.

"고맙습니다."

—고맙기는… 나야말로 고맙네. 내가 훈장 받는 것보다 더 기쁘다네.

소장의 전화가 끊겼다.

"선생님……."

두 사람은 울기 직전이다. 눈이 뜨겁다 못해 증기가 끓는 것이다.

"음, 좀 실망인데요?"

창하가 슬그머니 염장을 질렀다.

"뭐가요?"

"두 분에게 수여된다는 숙정장 말이에요. 기왕 줄 거면 광화장으로 맞춰줄 것이지."

"그게 무슨 말씀입니까? 우린 훈장 같은 거 꿈도 못 꿔봤는데……."

"아무튼 축하드립니다."

창하가 비로소 손을 내밀었다.

"으악, 선생님."

원빈이 창하를 끌어안았다. 그런 다음 허공으로 들어 올리고는 팽이처럼 돌았다.

"우 샘 저거… 시신 수습하다가 허리 삐끗했다던 것도 다 거짓말이라니까."

광배는 괜한 말로 울음을 감춘다.

"수고 많으셨어요."

창하가 그에게 다가섰다.

"고맙습니다. 정년 직전의 퇴물에게 이렇게 큰 선물을 안겨주셔서……."

"그거 누가 안겨준 거 아닙니다. 천 선생님이 천직처럼 부검에 임해온 결과물이에요."

"선생님……."

"앞으로도 저 많이 도와주세요."

"선생님……."

백전노장도 결국 눈물을 떨군다.

훈장이다.

국과수 6급 이하 직급으로는 퇴직 때 대통령 표창 하나 받기 힘들다. 잘해야 국무총리 표창이다. 그런데 수교훈장이라니? 이건 백 번을 생각해도 기적에 속하는 일이었다.

집에 전화를 건 광배는 열 번도 더 울었다. 그가 평생을 몸담아온 분야에서 최고의 보답을 받게 되는 날. 그걸 전하는 광배의 가슴은 활화산보다도 뜨거웠다.

─여보, 축하해요. 그동안 너무 고생 많았어요.

아내가 전해온 말이었다. 그 한마디가 광배를 또 울렸다.

국과수 근무.

그건 괜찮았다. 그러나 다음 단계로 넘어가면…….

─뭐 하시는 데요?

─부검합니다.

─오, 부검의세요?

─부검의의 부검 업무를 지원합니다.

여기까지 오면 듣는 이들의 표정이 '많이' 변해 있다. 의사가 중심인 병원처럼 국과수 역시 부검의들 중심이었다. 그런 부검의들조차 제대로 대우받지 못하는 곳. 그들을 지원하는 어시스트의 위상이 좋을 리 없었다. 그런 마당에 청와대에 불려가 격려도 받았고 마침내 훈장까지 받게 되었다. 사회적으로는 몰라도 가족에게는 소위 '가오' 한번 제대로 세운 것이다.

이날 결정된 훈격은 수교훈장이었다. 본래 청와대에서는 여러 훈장을 놓고 저울질을 했다고 한다. 국기를 공고하게 한 공으로 건국훈장을 줄 것이냐? 그도 아니면 국민훈장을 수여할 것이냐? 청와대의 저울을 결국 국권을 신장하고 우방과의 친선 화친에 기여한 쪽으로 가닥을 잡아 수교훈장으로 매듭을 지었다.

수교훈장에는 다섯 가지가 있다. 그 최우선은 광화장이고 홍인장, 숭례장, 창의장, 숙정장의 순으로 이어진다. 창하에게 주어진 건 두 번째 등급이랄 수 있는 홍인장이었고 원빈과 광배에게는 마지막 레벨의 숙정장이었다.

그런데 창하 팀에게 날아온 낭보는 이게 끝이 아니었다. 잠시 후에 들어온 권우재가 그 소식을 알려주었다.

"뭐야? 우리 세 스타들 눈빛이 왜 이렇게 어리바리해?"

"과장님."

"뉴욕에서도 이런 눈빛으로 일한 건 아니겠지?"

"거기서야 이런 눈빛 할 시간도 없었죠."

창하가 변론에 나섰다.

"안 되겠네. 낭보 좀 전할까 했더니 여기서 말하면 기름 붓는 꼴이겠어."

"훈장 소식 말이군요. 죄송하지만 저희도 다 들었거든요."

"어허, 사람 앞서가긴… 내가 그래도 명색이 직속 과장인데 소장님이 전한 소식을 리바이벌하겠어?"

"그럼 다른 소식이 있다는 말씀입니까?"

"당연하지."

권우재가 빙긋 웃음을 머금었다.

"……?"

"승진 내정 통보가 왔어."

"우왓!"

권우재의 입이 열리기 무섭게 원빈이 튀었다.

"축하합니다. 이 선생님."

"축하합니다."

원빈과 광배 시선이 창하에게 쏠렸다. 그렇잖아도 창하 승진 이야기가 돌던 참이었다.

"아이고, 여기 두 분도 훈장 받는다고 너무 질러가시네."

권우재가 슬쩍 견제구를 날려왔다.

"그럼 우리 이 선생님이 아니라는 겁니까?"

원빈이 물었다.

"이 선생님은 맞지. 그 외에 두 명이 더 있다는 게 문제지."

"……?"

"우 선생, 천 선생님, 두 분도 함께 특진이 결정되었습니다."

"……?"

"자, 이제 정식으로 축하."

권우재가 전격 축하의 손을 내밀었다.

"과장님……."

얼떨떨한 건 광배 쪽이 더 컸다. 그는 6급 주사 직급이다. 특진이면 사무관이 되는 것이다. 6급과 5급은 고작 한 급 차이지만 심리적 격차는 하늘과 땅에 속했다. 특히 기능직으로 시작한 광배였기에 5급 사무관은 언감생심 꿈도 꾸지 못하던 차였다.

"제가 정말……?"

"아니, 그럼 내가 우리 서울 국과수 최고참 중의 한 분과 농담 따먹기 하겠어요? 천 사무관님?"

사무관이라는 단어에 힘을 주는 권우재. 그 표정은 더없이 푸근해 보였다.

"우리 천 사무관님, 사모님께 한 번 더 울리셔야겠네요."

창하가 전화를 가리켰다. 창하가 넘겨주는 전화기 위에 따끈한 햇살이 올라와 있었다. 정말이지 그 햇살보다도 더 따끈한 오후가 아닐 수 없었다.

귀국하고 며칠은 정신이 없었다. 청와대를 시작으로 훈장에 승진 이야기가 오가며 수많은 축하를 받았다. 방송에도 두 번이나 출연해 뉴욕 테러 현장의 신원 확인 과정 비하인드 스토리를 들려주었다. 창하가 출연한 뉴스들은 평소보다 3% 가까이 시청률이 치솟았다. 대스타도 아니고 유명한 운동선수도 아닌 검시관으로는 파격적인 결과였다.

뉴스가 나간 이틀 후에 새뚜기의 서필호 회장을 만났다. 표면적으로는 그가 창하의 노고를 격려해 주는 자리였다. 그런데 그만 나온 게 아니었다.

"어서 오세요."

창하를 맞이한 건 민세당의 중진 백우선 의원이었다. 그 옆에는 또 한 사람의 국회의원이 있었다.

"민지당 노수찬입니다."

그러고 보니 낯이 익었다. 노수찬은 민지당에서도 청렴의 상징으로 꼽히는 인물이었다.

"어제 백 의원과 조찬을 했지 뭡니까? 그전에 이 선생 이야기를 들었는데 솔직히 말해서 흘려들었다가 뉴욕 테러 사건으로 알게 되었습니다. 의원 사표 내야겠다는 생각이 들더군요. 그렇게 가치 있는 부검에 대해 평가절하 하고 있던 제 자신이 우매해 보였거든요."

"……"

창하는 그들의 발언을 경청했다.

서필호가 둘을 데리고 나온 건 창하에 대한 격려 의도만이 아니었다. 민간 법과학공사가 발족되려면 관련법의 정비가 필요했으니 국회 안으로 관심을 조명하려는 의도였다. 그렇기에 그는 자신이 알고 있는 라인을 총동원해 국회에서의 홍보에 열중하고 있었다.

그러던 차에 터진 뉴욕 테러. 인류에게는 재앙의 하나지만 그에게는 기회였다. 빛나는 사업 감각의 소유자답게 그걸 놓치지 않는 것이다.

"그래, 국과수가 아닌 민간 법과학공사를 만들고 싶다고요?"

노수찬이 물었다.

"그렇습니다."

"하긴 이번 뉴욕 테러 사건을 보니 공감이 가더군요. 어떻게 보면 테러나 재난을 전문으로 하는 기업도 세계적인 경쟁력이 있을 것 같습니다. 예를 들면 이번 같은 대규모 테러라든가, 각국의 지진, 초대형 산불이나 쓰나미 같은 초유의 사태들 말입니다. 세계적으로 전문화된 전문가 집단이 있다면 그 수습도 신속할 테니까요."

"그 그룹이 한국 기업이라면 더욱 좋겠죠."

백우선이 슬쩍 분위기를 띄운다.

"여기 오는 동안 우리 백 의원님께서 밑밥을 많이 깔더군요. 그래서 나도 일단 한번 뵙고 싶었고… 그런데 제 생각이지만 이렇게 사람을 일일이 만나서 설명하고 이해시켜서야 어느 세월에 시작을 하겠습니까?"

"노 의원님께서 좋은 생각이 있으십니까?"

백우선이 노수찬의 의견을 물었다.

"차라리 이 선생을 국회로 불러서 이야기를 듣도록 합시다. 지금 분위기 좋지 않습니까? 뉴욕 테러 현장 수습에 각국의 검시관 중에서 오직 이 선생님만 초빙되었다면서요?"

"팩트죠."

"그러니까 국회로 부르자는 겁니다. 그래야 사단이 나든지 할 거 아닙니까? 우리 백 의원님, 추진력 좀 있는 줄 알았더니 알고 보니 속 빈 강정이었습니까?"

"꼭 그런 것은 아니지만 그 말을 제가 먼저 꺼내면 노 의원님께서 협조를 안 하실까 봐……."

"오호, 그러니까 제 입으로 먼저 말하게 하려는 전략이었다?"

"이제 세계의 영웅으로 공인된 사람입니다. 그런 사람이 국제적으로 한번 놀아보겠다니 노 의원님께서 판 한번 깔아주십시오. 제 그릇으로는 판 깔아도 분위기가 안 날 것 같아서 그럽니다."

"으음, 이거 어째 들러리 제대로 서는 기분인데?"

노수찬이 웃었다. 긍정의 신호였다.

두 의원이 돌아가자 서필호와 둘이 남았다.

"어떻습니까? 국회에서의 소견 발표……."

"두 분의 의원님들 말이 맞는 것 같습니다. 다들 부검과 법과학의 기업화 필요성에 대해 잘 모르시니 제가 설명할 수밖에요."

"두 분 말대로 지금 여론이 괜찮습니다. 그래서 제가 손을 좀 쓴 겁니다."

"이렇게 수고를 해주시니 기회가 오면 최선을 다해보겠습니다."

"그 전에 먼저 수고를 좀 해주셨으면 하는 일이 있는데 괜찮겠습니까?"

"제가요?"

"예."

"말씀해 보십시오. 제가 할 수 있는 일이라면 뭐든지 하겠습니다."

"이게 선생님이 뉴욕에 갔을 때 일어난 일인데… TM모터스 수원공장 말입니다. 과격 시위로 번지면서 경찰과 구사대 투입이 결정되자 강경 노조가 정문에 자동차 폐자재 수십 톤을 쌓아놓고 불을 지른 적이 있었습니다."

"……?"

"결국 경찰이 물대포를 앞세워 진입을 했는데 이 과정에서 극렬하게 저항하던 노조 간부 한 명이 머리에 물대포를 맞아 사망하는 비극이 일어났습니다."

"사망이라고요?"

"예."

"그렇다면 부검 건이군요? 아직 부검을 안 한 겁니까?"

"그렇습니다."

"……?"

"노조에서는 경찰의 과잉 진압에 의한 살인이라며 기세를 올리고 있습니다. 당연히 경찰에서는 물대포가 아니고 다른 요인에 의한 가능성이 높다며 부검을 주장하고 있고요. 예를 들면 시위대들이 엉겨서 뒹구는 과정에 일어난 2차 충돌에 의한 사망이라는 거죠."

"저런."

창하 눈빛이 구겨졌다. 의료사고나 시위 현장에서 일어난 사망사고는 이런 그림이 많았다. 정부를 신뢰하지 못하는 것이다.

"사실 TM모터스 회장은 제 고등학교 2년 후배입니다. 자동차 회사 진출할 때 제가 좀 돕기도 했고요."

"예……."

"이번 위기에서 헤어 나오게 되면 선생님을 지원할 수도 있을 겁니다."

"회장님."

"오해는 마십시오. 제 지인이니 짜고 치는 고스톱으로 잘 봐달라는 뜻이 아닙니다. 양자의 첨예한 대립이 안타까워 드리는 말씀입니다."

"……?"

"기업인으로서 혹은 재계의 각종 위원회에 참여하는 사람으로서 생각하건대 이런 일은 더 이상 확산되기 전에 정리하는 게 좋습니다. 그렇지 않고 오랜 시간이 경과해 버리면 회사도 노조도 수습의 기회를 잃어버리고 극한으로 치닫게 되죠. 서로의 자존심과 상황 몰입 때문에 말입니다."

"그럴 수 있겠군요."

"그러니 이 부검 역시 선생님이 매듭을 지어주시면 어떨까요?"

"제가 나서면 양자에서 받아들여 줄까요?"

"아닐 수도 있습니다. 특히 노조는 이 건을 이유로 회사의 완전 굴복을 요구하고 있으니까요."

"그럼 어떻게 하시려는 건지요?"

"제 생각에는⋯ 선생님이 사적인 의견처럼 자연스럽게 언론에 중재안을 제시해 보면 어떨까 싶어서요. 현재 선생님의 인지도와 신뢰도라면 회사든 노조든 거부하기 힘들 걸로 판단됩니다."

"제가 직접 말입니까?"

"단지 제 제안입니다. 어쨌든 저들에게는 엄청난 압박이 될 겁니다. 그런 다음, 시시비비를 명맥하게 가려주면 어떤 쪽으로 결론이 나든 소모적인 상황에서 벗어날 것으로 생각됩니다. 게다가⋯⋯."

서필호, 잠시 숨을 죽이더니 묵직한 속뜻을 풀어놓았다.

"이렇게 부검으로 직접 사회 현안에 참가하고 정리하는 주도권을 행사함으로써 선생님이 구상하는 법과학공사의 필요성도 어필할 수 있을 것으로 판단합니다만."

서필호의 한마디가 폐부를 찔러왔다. 분위기 주도하기. 창하가 생각하기에도 빛나는 포석이었다.

"하죠."

마다할 수 없는 제안이었다.

*   *   *

「국대 이창하 검시관 TM모터스 노조원 사망사건 관심 표명」

「이창하 검시관, TM모터스 사고, 부검으로 의혹 해소 가능」

「노사 양자가 참관하는 부검을 해법으로 제시」

다음 날 아침 신문에 창하 얼굴이 나왔다. 아침 방송들도 창하의 인터뷰를 비중 있게 내보냈다. 노사는 일단 코멘트를 하지 않았다. 창하의 제안에 대해 신중하게 반응한다는 뜻이었다. 그건 노조의 태도에서 알 수 있었다. 경찰이 부검을 제시했다면 당장 비난 성명을 내놓았을 것이다. 회사 측의 제안이라고 해도 다를 리 없었다.

그러나 상대가 이창하였다. 전국을 공포의 도가니로 몰아넣었던 미궁 살인을 시작으로 중국과 일본의 미궁 살인까지 해법을 던진 검시관이었다. 최근에는 미국의 대참변까지 수습하고 돌아와 국민적 영웅으로 떠오른 부검의. 지금까지 보인 행동에 편향적인 이미지가 없었기에 고민할 수밖에 없는 상황이었다.

"죄송합니다."

국과수의 창하는 피경철 방에 있었다.

"뭐가 말인가?"

신문을 보던 그가 우묵한 시선을 들었다.

"시국 사건에 대해 의견을 표명해서 말입니다."

"부검의가 부검했으면 좋겠다는 게 어째서 잘못인가? 부검해야 할 케이스를 미뤄두고 고인으로 방패를 삼는 집단들이 잘못이지."

"위에서 쪼지는 않았습니까?"

창하가 웃었다.

"쪼면 옷 벗으면 될 것 아닌가? 내가 평 검시관 평생 해먹다가 퇴직 직전에 소장까지 해먹고 있네. 겁날 게 뭔가?"

"그래도 아직 대학교수 자리는 못 알아보지 않으셨습니까?"

"실업자 되면 자네가 소장이나 원장 되어서 촉탁이나 임명해 주시게. 그걸로 족하네."

"방금 그 말씀 말입니다. 국과수 떠나면 일자리를 제게 일임하는 걸로 알아도 되겠습니까?"

"그러시게. 그 안에 자네가 법과학공사라도 만들면 거기 부검대 청소부라도 한자리 주면 좋고."

"청소부 가지고 되겠습니까? 부검 책임자 자리 정도는 드려야죠."

"아무튼 잘했네. 부검의라고 해서 늘 죽어 살 필요는 없지. 의견 표명도 못 하는 직업이라면 어떤 의사가 부검의를 지원하겠나?"

"역시 소장님뿐이라니까요."

"이 사건은 자네가 미국 가 있을 때 난 사건인데, 사건 당시 뉴스 화면은 보았나?"

"예."

"견해는 어떤가?"

"시신을 봐야겠죠."

창하가 잘라 말했다.

"명언이군."

피경철도 웃는다. 여전히 케미가 좋은 두 사람이었다.

창하가 던진 의견은 오후에 반응이 나왔다. 노조 측의 긴급 기자회견이었다.

"우리 노조는 이창하 검시관의 의견을 존중해 부검을 받아 들이기로 결정했습니다. 그러나 가족과 노조 관계자 이외의 참관은 불허합니다. 경영자나 경찰 쪽의 참관자가 들어오면 부검이 곡해 내지는 압력이 될 우려가 있으며 장소 역시 국과 수가 아니라 노동자민주연합총연맹이 지정한 병원에서 실시되어야 합니다."

노조는 절반의 수용안을 내놓았다. 창하의 의견을 수용함으로써 그들의 정당성을 어필하면서 외부의 영향을 완전 차단하는 방향을 택한 것이다.

"이 선생님."

3번 방의 부검이 종료되었을 때 운영 지원 팀장이 들어섰다.

"무슨 일이죠?"

창하가 물었다.

"TM노조 부검 건 말입니다. 그 일로 노조 부위원장의 전화가 들어와 있습니다."

"그래요?"

손을 씻고 사무실로 향했다.

─이창하 검시관님.

수화기를 들자 부위원장의 목소리가 흘러나왔다.

"말씀하십시오."

─TM노조 부위원장입니다. 지난번에 저희 동지 부검 건에 대해 의견을 제시하셨죠?

"예."

─저희 조건대로 부검이 가능하겠습니까?

"저는 관계없습니다."

─그럼 저희가 모시러 가겠습니다.

"그러시죠."

대답과 동시에 전화를 끊었다. 그사이에 피경철과 권우재가 들어와 있었다.

"노조 쪽인가?"

피경철이 물었다.

"예, 차를 보내겠다는군요."

"괜찮겠나? 굉장히 강성 노조인데……."

"제가 부검하러 가는 거지 노조와 싸우러 가는 건 아니지 않습니까?"

"그건 그렇군."

"걱정하지 마시고 일 보십시오."

문을 가리키고 다시 수화기를 잡았다.

"천 선생님, 출장 부검입니다. 우 선생님하고 같이 준비 좀 해주세요."

*　　　　*　　　　*

"워우."

TM모터스가 가까워지자 원빈이 몸서리를 쳤다. 뉴욕 허드슨강의 야전 상황반에 못지않은 살풍경이었다. 정문은 온갖 장애물로 바리케이드를 이루었고 안에는 복면을 한 조합원들이 쇠 파이프와 소화기 등으로 중무장을 하고 있었다.

사망자의 시신 차량은 그 안에서 나왔다. 노조 투쟁위원장이 선두 차에 올라 혹시 모를 상황에 대비를 했다. 그들이 대비하는 상황은 경찰에 의한 시신 탈취였다. 그러나 경찰 역시 부검이 끝나고 복귀할 때까지 그 어떤 자극도 하지 않겠다는 입장을 발표한 후였다.

시신 행렬은 한마디로 웅장했다. 창하는 후미에서 차량을 따라갔다. 지정 병원까지는 약 20분이 걸렸다. 병원 역시 초비상이었다. 노조원 수백 명이 미리 경계 태세를 갖춘 가운데 시신이 차에서 나왔다.

착잡했다.

노조 운동에 대해 특별한 감정은 없었다. 노동자를 대변하는 세력은 꼭 필요하다는 쪽이기도 했다. 그러나 사망까지 이른 것은 받아들이기 어려웠다. 국과수에 들어와 분신자살한 택시 운전사 부검을 할 때도 그랬다. 왜 이토록 극단의 결과가 나와야 하는가 마음이 아팠다.

"잘 부탁드립니다."

부검실로 준비된 수술실 앞에서 투쟁위원장 김충기가 고개를 숙였다. 그는 투쟁 선봉대를 진두지휘하던 야전 사령관이다. 한때 유도선수여서 그런지 골격이 굉장했다. 창하는 뉴스를 통해 그를 알았다. 화염병의 화염과 물대포의 수증기 속에서 쓰러진 선봉대를 업고 나온 사람으로도 유명했다. 사망한 고인 역시 그가 업고 나온 부상자의 한 명이었다. 언론에서는 그가 시위를 주도한 실질적 리더라는 말도 있었다.

"경찰들이 우리 오빠를 죽였어요. 그러고도 자기들 잘못이 아니라고 해요. 선생님이 꼭 좀 밝혀주세요. 우리 오빠가 눈을 제대로 감을 수 있게요."

가족의 한 사람인 20대 초반 여자가 오열을 했다. 모두가 숙연해진다. 꾸벅 예를 갖춰주고 안으로 들어섰다. 구석에 마련된 탈의실에서 부검복으로 갈아입었다.

"어째 허드슨강보다 더 긴장되는데요?"

장갑을 당기며 광배가 몸서리를 쳤다.

"저도요."

원빈도 긴장되는 모양이었다.

"부검이니까요. 여러 사람이 서로 다르게 받아들이는 진실을 캐 올리는 건 늘 긴장되는 일이잖아요?"

창하도 라텍스 장갑을 힘껏 당겼다. 거기에 마스크까지 쓰니 부검 준비는 끝이었다.

"시작할까요?"

창하가 탈의실의 커튼을 걷었다.

맑은 창밖으로 수십 명의 보도진이 보였다. 언제 왔는지 새카맣게도 몰려들었다. 모두가 창하의 부검을 기다리는 것이다. 원빈과 광배가 시신을 인도받았다. 굉장한 주의를 기울였다. 혹시라도 노조원들의 심기를 거스르거나 오해를 살 여지가 있는 행동은 금물이었다.

"부검 시작합니다."

창하의 선언이 떨어졌다. 벽에 붙어 있던 원빈이 딸각, 스위치를 내렸다.

다시 어둠이다.

창하는 숙연한 마음으로 시신을 바라보았다. 시신은 이제 겨우 서른 고개에 접어들었다. 신체는 비만이다. 어스름 빛 사이로 드러나는 살집은 생전의 그가 건강하지 않았음을 말해 주고 있었다.

─경찰과 구사대가 죽였다.
─진압 과정에서 일어난 부득이한 불상사일 뿐이다.

침묵의 시신 위에서 두 의견이 전쟁을 벌이고 있다. 어느 쪽이 진실일까? 그걸 아는 단 한 사람은 이제 영영 말할 수 없는 강을 건너가 버렸다.

'영면하소서.'

천천히 시신을 위로했다. 창하 식의 교감이었다.

딸깍!

다시 불이 들어왔다. 어느새 시신 옆으로 다가온 원빈. 창하를 도우며 외표 검사에 협력했다.

이 주검의 시작은 직사 살수였다. 말 그대로 사람을 겨누고 물대포를 쐈다는 뜻이다. 미리 찾아본 자료에 의하면 물포차, 즉 물대포 역시 매뉴얼이 있었다. 시위대와의 거리, 수압 등 현장 상황을 엄격히 고려해야 한다. 사용 빈도 역시 최소한에 한한다. 가슴 위로 살수해서는 안 된다.

경찰은 일단 유리하지 않았다. 사망자의 부상 부위가 머리

이기 때문이었다. 어떻든 머리에 물대포를 맞은 것이다. 거기서 나가는 물줄기는 대포알을 닮았다. 문제는 물대포 살수 시 물보라 때문에 살수자의 시야가 가려진다는 데도 있었다.

당시 화면에서도 물대포를 맞는 사람들의 개별 구분은 쉽지 않았다. 몰려오는 선봉대를 겨냥했으니 한 그 물줄기에 쓰러진 사람이 대여섯 명이 넘었다. 당시 물대포의 압력은 3000rpm에 가까운 것으로 밝혀졌다. 사망자가 물대포에 노출된 시간은 약 33초였다. 물을 분사한 후 5초 만에 쓰러졌으나 그 위로 계속 분사된 것이다.

물대포의 위력에 대해서도 이견이 분분했다. 경찰 쪽은 피부를 상하게 할 수는 있지만 뼈를 부수지는 못한다는 주장이었고 노조 쪽에서는 사망도 가능한 살인 병기라고 맞섰다.

양자는 극단적 주장을 하고 있기에 어느 쪽도 액면대로 믿을 수 없지만 물대포의 수압은 약 15bar로 알려진다. 1kg/㎠은 1bar로 보면 간편하다. 소방차의 수압이 보통 8—12kg/㎠에 속하니 물대포가 센 편이다. 가까운 거리에서 머리를 정면으로 맞는다면 크고 작은 부상은 필연적이다.

얼굴부터 보았다. 두개골을 제외하면 외표에는 큰 이상이 없었다. 목과 어깨, 팔꿈치 등도 마찬가지였다.

─두개골만의 골절은 물대포로 생길 수 없는 상처다.
─노조의 조작이거나 다른 요인에 의한다.

경찰의 발표다. 얼굴과 몸을 봐서는 신빙성이 없지 않았다. 창하가 살펴본 두개골의 골절은 무려 세 곳이었다. 문제는 그 세 곳이 한 자리가 아니라는 것이다. 설령 지근거리에서 물대포를 맞았다고 해도 이렇게 전방위적인 골절이 일어나기는 어려웠다.

인체라는 특징을 봐도 그랬다. 두개골에 복합적인 골절이 일어날 정도의 수압이라면 머리 두피에도 상처가 있어야 했다. 그러나 두피는 큰 이상을 보이지 않았다.

그렇다면……

대여섯 명이 함께 엉겨 쓰러진 상황이었다. 만약 전후좌우의 동료들과 머리가 부딪혔다면 어땠을까? 그러자면 충돌한 사람들도 부상을 입어야 했다. 그러나 현재 밝혀진 부상자들은 눈과 귀의 이상을 호소하는 사람들뿐이었다.

'으음……'

창하는 다른 가능성을 돌아본다. 시위 현장이다. 수많은 물건으로 바리케이트를 치고 있었다. 그 사선을 넘어 물대포가 날아온다. 그걸 제지하기 위해 선봉대가 돌격한다. 선두가 물대포에 맞는다. 그대로 거꾸러진다. 경찰들이 몰려온다. 회사 마당이므로 보도블록 같은 것은 없었다. 뭔가에 충돌했다고 보기에도 골절 부위가 너무 다양했다. 전두골과 후두골, 접형골, 측두골 쪽이다. 모두 머리의 앞과 뒤, 그리고 측면에 속한다. 가정이 매칭 되지 않는다.

주목할 건 미간과 비근점, 상안와공 등에는 골절이 없다는 사실이었다.

지지잉!

전동톱이 돌아갔다. 격앙된 노조를 고려해 창하가 직접 커팅을 했다.

"……!"

예상대로 두정부와 측두부에 경막외출혈이 있었다. 전형적인 빈대떡 모양의 출혈이다. 그 양도 적지 않아 $100ml$를 넘었다. 이로 인해 뇌가 눌렸다. 치명적인 출혈량이었다. $100-200ml$라면 사망을 피하기 어려운 양이었다.

'난해하군.'

사인을 확인하고도 머리가 복잡하다. 물대포를 정면으로 맞았다면, 전두골과 측두골의 골절 정도로 보아 미간과 비근점에도 영향이 있어야 했다. 물대포를 맞는 순간 압력이 분산되는 까닭이었다. 그런데 안면의 골절 흔적은 없고 난데없이 후두골 골절이 추가되었다.

꿀꺽!

여기저기서 긴장의 소리가 들린다. 창하가 몰입하는 것도 있지만 노조와 가족들의 촉각 역시 최고 한도에 달해 있었다. 만에 하나라도 그들이 원하지 않는 결과가 나오면?

그래도 부검의는 그 길을 가야 했다.

창하가 손을 내밀자 메스가 쥐어졌다. 미궁 살인에도 굴하지 않고 진실을 도출해 냈던 백택의 메스답게 제대로 선 날로 울림 소리를 냈다. 그 칼이 안면을 가르고 들어갔다.

"……!"

전두복과 안륜근을 가르던 손이 잠시 멈췄다. 내피 손상이었다. 겉과 달리 안쪽 피부에 출혈이 보였다. 눈을 열고 들어가니 시신경에도 출혈이 보인다. 아마 사망하지 않았더라도, 신속하게 병원으로 옮기지 않았다면 실명을 했을 것 같았다.

그 출혈은 입 주변의 구륜근과 구각하체근 사이에도 보였다. 오른쪽에 비해 왼쪽은 괜찮았다. 물대포가 오른쪽 얼굴에 작렬했다는 증거였다.

[직사 살수]

이 증거는 일단 명징해졌다. 그러나 그곳의 골절은 보이지 않는다. 두개골 여러 곳을 깨고 경막외출혈을 야기할 위력이라면 여기에도 이상이 있어야 했다.

"위원장님."

메스를 내려놓은 창하가 노조 대표를 불렀다.

"결과 나온 겁니까?"

"아직요. 몇 가지 추가 자료가 필요합니다."

"말씀하십시오."

"일단 이분에게 필요한 검사를 좀 해봐야겠습니다. 그리고 그날 같이 쓰러진 분들에 대한 검사도 필요합니다."

"무엇 때문인지요?"

"물대포에 의한 것임을 증명하려면 반대로 물대포에 의한 것이 아니라는 증명도 필요합니다. 부검은 양자를 다 다뤄야 사인을 도출할 수 있습니다."

"현재까지의 사안은 어떻습니까?"

"부검에 있어 중간 결과라는 건 의미가 없습니다."

"물대포에 의한 건 확실하죠?"

"물대포가 원인인 것은 확실합니다."

"이 선생님, 이 부검은 우리의 생사가 달린 일입니다."

"그렇기 때문에 더 확실하게 하기 위해 검사 협조를 요청하는 것입니다."

"……."

"……."

"그렇게 하죠."

노조의원장의 동의가 나왔다. 같이 쓰러졌던 다섯 명이 불려왔다. 그중에는 김충기도 있었다. 그들의 머리부터 살폈다. 며칠이 지나 버린 까닭에 유의미한 외표 상처는 보이지 않았다.

"물대포 맞을 때요? 솔직히 내가 살면서 겁 같은 거 먹은 적이 없는데 이렇게 죽나 보다 싶어서 아무 생각도 나지 않았습니다. 한 방 맞는 순간 정신 줄이 나가 버렸거든요."

김충기의 말이다. 남은 네 노조원들의 답변도 비슷했다.

"머리요? 온갖 데가 다 아팠어요. 하지만 여기 선봉 부장님이 사망까지 한 마당에 좀 아픈 거 생각하겠습니까?"

머리 부상에 대한 답도 유사했다. 수고스럽지만 엑스레이 촬영을 부탁했다. 얼마가 지나자 엑스레이 필름이 올라왔다. 하나, 둘, 셋……. 네 장을 넘길 때까지도 소득은 없었다. 하지만 마지막으로 김충기의 필름을 리딩 할 때였다.

"……!"

창하 시선이 미세하게 흔들렸다. 창하가 찾던 원인이 나온 것이다.

뒤이어 나온 혈액검사에도 사인 도출에 필요한 결과가 있었다.

"부검 결과 발표하겠습니다."

고인 앞에 선 창하가 노조 관계자들과 보호자를 바라보았다. 모두의 시선이 창하에게 쏠려왔다.

"다만 이 부검이 경찰이 입회한 부검이 아니기에 보호자만 남아주셨으면 합니다."

"그게 무슨 말씀입니까?"

당장 노조위원장과 투쟁위원장 김충기의 이의 제기가 나왔다.

"부검도 일종의 진료입니다. 의사의 도리로서 진단 결과는 환자 본인에게 알려주는 게 마땅하다고 생각합니다. 그런데 부검의 환자는 고인이니 보호자에게 말씀드리려는 겁니다."

"하, 하지만……."

노조위원장과 투쟁위원장의 낯빛이 흐려진다. 창하의 말에 틀린 곳이 없는 것이다. 거기서 창하의 융통성이 빛을 발했다.

"다만 보호자께서 허락하신다면 노조를 대표하는 한 분 정도는 남아도 좋습니다."

*   *   *

창하의 제의에 노조는 즉석 회의에 돌입했다.

'노조위원장 아니면 투쟁위원장…….'

창하의 짐작이었다. 결국 노조위원장이 남는 것으로 가닥이 잡혀가자 창하가 한마디를 더 붙여놓았다.

"기왕이면 김 위원장님이 남는 게 좋을 것 같습니다. 현장에 계시던 분이니 이해가 빠를 것으로 생각합니다."

창하 말이 결정타가 되었다. 노조위원장에 비해 입김이 강한 김충기. 창하의 의견을 바로 받아들였다.

"두 분도 나가 계시죠."

창하가 원빈과 광배를 바라보았다. 두 어시스트도 창하의 지시에 따랐다.

탁!

문소리와 함께 부검실 안에는 정적이 찾아왔다. 창하가 시신에게 다가섰다. 머리 쪽이었다.

"지금부터 부검 결과를 설명드리겠습니다."

낮은 목소리지만 또렷했다. 보호자와 김충기가 몰입하고 있는 까닭이었다.

"사인은 외인사가 분명합니다."

"그러니까 경찰의 물대포가 죽인 거죠?"

여동생이 바로 반응했다.

"부연 설명이 조금 더 필요합니다."

"……?"

"정확히 말하자면 직사 살수의 원인으로 인한 뇌좌상이 되겠지만 그것만으로는 설명되지 않는 부분이 있습니다."

"그게 무슨 뜻이죠?"

"간단히 말하면 경찰의 직사 살수가 원인이 되기는 했지만 다른 원인이 있다는 말입니다."

"무슨 소리예요? 우리 오빠, 건강 체질은 아니었지만 큰 병이 있는 것도 아니었어요. 사망진단을 낸 의사도 분명 뇌좌상이라고 했고요."

"거기까지는 맞습니다."

"그런데 지금 선생님 말씀은……."

"부검의로서 사망에 이른 과정 전반을 설명드리고 있는 겁니다. 사망의 원인이라는 것은 한 가지로 명료할 수도 있지만 우선, 공동, 경합 등이 있을 수 있거든요."

"좋아요. 그럼 다른 원인이라는 건 뭐죠?"

"일단 여기 골절을 보시죠."

창하가 화면을 열었다. 사망자의 두개골 골절 사진이었다.

"오빠!"

보호자가 한 번 더 자지러진다. 물대포를 맞아서 깨진 머리. 그동안은 CT로만 보았지만 오늘은 실제로 본 까닭이었다.

"보시다시피 측두와 전두, 후두 등에 복합골절이 나왔습니다."

"그러니까 경찰 놈들이 인간이 아니지요. 어떻게 사람 머리를 이렇게……."

"문제는 경찰의 물대포로는 이런 골절이 나올 수 없다는 데 있습니다."

"뭐라고요?"

여동생이 발끈 고개를 들었다.

"현재 경찰이 사용하는 물대포의 수압은 15bar라고 합니다. 이건 노조 쪽에서도 확인을 했을 겁니다."

"……."

창하가 바라보니 김충기가 침묵으로 동의했다.

"당시 경찰차와 고인의 거리를 볼 때 실명이나 고막 등에 심각한 문제가 나올 수는 있지만 이렇게 두부 복합골절은 나오지 않습니다."

"말도 안 돼요. 우리 오빠가 증거잖아요? 직접 당한 사람이 있잖아요? 세상에는 예외라는 것이 있어요."

"맞습니다. 지금 제가 드리려는 설명에도 그 예외가 포함되어 있습니다."

"예?"

"우선 투쟁위원장님."

창하 시선이 김충기에게 돌아갔다.

"그날 선봉에 고인과 함께 있었죠?"

"그렇습니다만."

"같이 지척에서 물대포를 맞았죠?"

"예."

"그때 어땠습니까?"

"말씀드렸잖습니까? 지옥이 내려온 줄 알았다고."

"제 말은 선봉의 노조원들이 물대포를 맞을 때 서로 접촉되
었냐는 겁니다."

"당연하죠. 핵 주먹을 맞는 것 같았다니까요."

"그때 혹시 서로 몸을 부딪치지 않았습니까?"

"당연히 부딪쳤죠. 물대포에 낙엽처럼 밀렸으니까요. 아니,
그런데 지금 당신……."

대답하던 김충기가 인상을 찡그렸다. 창하가 말하려는 내용
의 감을 잡은 것이다.

"그때 고인은 최소한 두 번 이상 머리를 부딪쳤습니다. 그런
데 노조원들이 쓰러진 바닥에는 특별히 충격을 받을 만한 물
건들이 없더군요."

"뭐야? 이 새끼, 지금 경찰 편을 드는 거야?"

김충기가 눈을 부라렸다.

"경찰 편이 아니라 부검 결과를 말하고 있는 겁니다."

"닥쳐, 가재는 게 편이라더니 국과수 역시 경찰의 하급 기관이잖아? 너 이 새끼, 경찰 특명 받고 떡밥 뿌리는 거지?"

김충기가 창하의 멱살을 잡아챘다.

"국과수는 경찰의 하급기관 아닙니다. 떡밥 같은 거 뿌릴 이유도 없고요."

창하가 김충기를 밀어냈다.

"이 새끼 봐라."

다시 달려드는 그의 손을 잡아 벽의 엑스레이 사진을 짚게 했다. 바로 김충기 자신의 영상이었다.

"당신 머리야. 잘 봐. 머리 측두엽 쪽에 실금이 있잖아? 물대포 속에서 정신없어서 몰랐을 수도 있지만 당신은 고인과 충돌했어. 옆머리로 말이야."

"뭐야?"

"이거 내가 찍은 거 아니잖아? 당신들이 신뢰하는 의사가 찍었잖아? 그러니까 제대로 들어. 들은 다음에 지지든 볶든 당신들 마음대로 하라고."

창하가 폭발했다. 신념으로 뭉친 카리스마는 부검실을 장악하고도 남았다. 김충기는 안면을 꿈틀거릴 뿐 뭐라 대꾸하지 못했다.

"잘 생각해 봐. 당신은 분명 물대포의 공격 속에서 고인과 부딪쳤어. 당신 외에도 한 명 정도 더. 고인의 두부 복합골절은 바로 그때 생긴 거야. 강력한 물대포에 밀리면서 사정없이 쾅!"

"……?"

"당신이 상대해야 하는 건 내가 아니라 경영자와 여론이잖아? 그러자면 이성적으로 놀아야지. 그게 사실이라면 당신 머리는 왜 실금이 가고 고인은 박살 났냐고 물어야 하는 거 아니야?"

"……?"

"그 답은 혈액검사에 들어 있어. 골다공증 검사를 보라고."

"골다공증?"

여동생이 검사 결과 용지를 집어 들었다.

"……!"

바로 사색이 된다. 고인의 골다공증 결과 때문이었다. 골밀도가 굉장히 낮았다.

"쇠와 유리가 충돌하면 누가 깨지나? 쇠와 유리가 똑같이 깨져야 하나? 당신은 강골 체질이지만 고인은 골다공증이 의심되던 사람이야. 당신 잘못은 아니지만 그 충돌이 직접 사인이었어. 물대포가 선행 원인이지만 당신 머리와 충돌하지 않았다면 실명을 할지언정 사망하지는 않았을 거라고."

"……."

"아닌가?"

"......."

"부검이란 사망에 이르는 과정과 원인을 밝히는 일이야. 그래서 당신을 선택한 거야. 당신은 고인 사망 직전에 옆에 있던 사람이니까."

"하, 하지만……."

김충기의 목소리가 흔들렸다. 이마에는 어느새 식은땀이 가득하다. 그도 짚이는 게 있는 게 틀림없었다.

"부딪치긴 했어. 선봉의 성현이가 물대포를 맞고 내게 날아왔으니까. 하지만 그건 한 번 뿐이었다고. 그런데 성현이의 골절은 여러 곳이잖아?"

"이제 말씀하시는군. 그러니까 나머지 골절은 물대포 때문이다?"

"그렇지 않나?"

"선상골절!"

창하의 발음에 힘이 들어갔다.

"두 개 이상의 골절선이 있을 경우 반드시 충격 부위에서 갈라지는 것이 아니다. 아까 고인의 여동생께서 말씀하신 예외에 속하는 경우가 될까?"

"......!"

"당신 잘못이라고 말하려는 건 아니야. 당신의 골절은 측두골 쪽이니 당신도 물대포에 놀라 고개를 돌리고 있었던 거야. 피할 겨를도 없이 고인이 날아와 충돌했겠지."

콰작!

창하 말 속에서 그날의 악몽이 재현된다. 물대포가 그렇게 강할 줄은 몰랐다. 솔직히 겁도 나지 않았다. 하지만 그놈의 위력은 상상 너머였다. 바리게이트를 제거하려는 경찰을 향해 달리던 선봉대 300여 명. 그중에서도 최정예였던 고인과 김충기 등이 추풍낙엽처럼 쓸린 것이다.

"으아악!"

비명이 들릴 때 김충기는 두 다리에 힘을 주고 버티고 있었다. 고인은 그 순간에 날아왔다. 정확히 말하자면 그의 후두엽과 김충기의 옆머리가 충돌했다. 사실 고인인 줄도 잘 몰랐다. 순식간에 대여섯 명이 엉겨 쓰려졌기 때문이었다. 옆머리의 실금조차 그는 모르고 지냈다. 사선을 넘던 동지가 죽었으니 약간 얼얼한 것 따위로 병원을 갈 수도 없었던 것.

"하지만 나는 진실을 알려줘야 하니까. 고인이 사망한 순간, 사망에 이르게 된 직접 원인……."

창하 말이 이어졌다. 하나하나 김충기의 폐부를 찌르는 말이었다.

"……."

"곽지현 씨."

창하가 이제 여동생을 돌아보았다.

"제 부검은 끝났습니다. 이 결과는 제 입으로 발설하지 않을 겁니다. 부검의도 일반 의사처럼 환자에 대한 비밀은 지켜야 하니까요. 사인 발표는 보호자께서 알아서 하십시오. 공표하든, 침묵하든 자유입니다. 그저 왜곡하지 않기만 하면 됩니다. 이 사진들과 검사 결과도……."

그녀에게 노조원들의 머리 사진과 고인의 검사 결과표를 안겨주었다.

진실.

언제나 아름답고 숭고한 것만은 아니었다. 때로는 원치 않는 것도 있다. 창하의 이번 부검 결과도 어쩌면 그쪽에 속할 수 있었다. 그럼에도 그걸 밝혀야 하는 게 부검의의 숙명이었다.

창하가 밖으로 나왔다.

"이창하 검시관님."

"부검 결과는 어떻게 나왔습니까?"

기자들이 벌떼처럼 달려들었다.

"결과는 보호자와 노조 측에 넘겼습니다. 제 역할은 여기까지입니다."

창하가 답했다. 기자들은 보호자가 있는 쪽으로 달려갔다.

"선생님, 괜찮으세요?"

원빈이 창하를 바라보았다.

"뭐가요?"

"안에서 큰 소리가 나던데……."

"진실이라고 다 환영받는 건 아니잖아요?"

창하가 돌아본다.

노조는 이날 기자회견을 열지 않았다.

그러나 진실은 덮는다고 덮이는 것도 아니었다. 국과수의 창하는 계속 시달렸고 언론은 온갖 억측을 쏟아냈다.

이틀 후에 충격적인 발표가 나왔다. 투쟁위원장 김충기의 자살 소식이었다. 노조의 발표가 뒤를 이었다.

"곽성현에 이어 김충기 동지의 사망에 참담함을 금치 못하며 우리 노조는 두 동지의 장례를 엄수한 후에 노사 협상 테이블에 참가하기로 결정했습니다. 사측에 두 동지의 주검에 대해 정중한 예우를 부탁하며 파업 기간 동안 일어난 모든 것에 대해, 경찰과 경영진 양자가 일체의 책임을 묻지 않을 것을 요구합니다."

노조위원장의 인터뷰는 짧았다. 화면 뒤로 생산 환경을 정비하는 노조원들이 보였다. 바리게이트를 치우고 어수선한 분위기를 정리하는 중이었다.

"저 사람, 국과수에 올까요?"

뉴스를 들은 원빈이 창하에게 물었다. 투쟁위원장 김충기의 시신을 일컫는 말이었다.

"안 올 것 같은데요?"

창하가 고개를 저었다. 의심의 여지도 없는 자살이다. 그렇다면 굳이 국과수를 찾지 않을 것 같았다.

다행히 사측에서 노조의 제의를 받아들였다. 생산 차질과 생산시설 파괴에 대해 일체의 책임을 묻지 않겠다고 했다. 나아가 경찰에도 폭력 처벌과 불법 처벌에 대해 관대해 달라는 청원을 냈다. 그런 다음 협상 테이블에 마주 앉았다. 전처럼 노조가 자리를 박차고 나가지 않았다.

이날 퇴근 무렵, 창하는 한 여자의 방문을 받았다. 물대포를 맞아 사망한 곽성현의 여동생 곽지현이었다.

"앉으세요."

그녀에게 작은 소파를 가리켰다.

"아니, 괜찮습니다."

그녀가 사양했다.

"실은 오늘 회사에서 오빠의 위로금을 받았어요."

"아, 예……."

"오빠를 마지막으로 진료해 주신 분이니 말씀드려야 할 것 같아서요."

"어려운 걸음 하셨네요."

"부검 결과는… 공표하지 못해 죄송합니다. 저는 선생님 사인 결과대로 발표하자고 했는데……."

"……."

"오빠와 절친이었던 김 위원장님이 조금만 기다려 달라고 부탁을 하세요. 돌아보니 자기 책임도 있는 것 같다고 책임을 질 방법을 찾아보겠다며……."

'책임……'

그의 자살이 스쳐 갔다. 그가 말하는 책임이 뭔지 알 것 같았다.

"그러고는 저렇게……."

여동생 눈에서 눈물이 쏟아진다. 목숨으로 갚아버린 책임이다. 그녀에게 또 하나의 짐이 되어버렸다.

"그래서… 그냥 묻어두기로 했어요. 오빠도 그걸 바랄 것 같아서요. 죄송해요."

"다시 말하지만 괜찮습니다. 이미 발표의 전권을 당신께 드린걸요."

"그리고……."

울먹이던 여동생이 또 다른 사연을 털어놓았다.

"김 위원장님이 자살하기 직전에 제게 문자를 보내오셨어요. 실은 이걸 선생님께 보여 드려야 할 것 같아서……."

그녀가 핸드폰을 내밀었다. 작은 화면 안에 쓰인 글자들이 창하 눈을 차고 들어왔다.

[검시관 선생님께 좀 전해줘. 나는 정말 몰랐다고. 어쨌든 이래저래 고맙다고, 그리고 그날 무례해서 죄송했다고…….]

허얼.

한숨이 나왔다. 곽성현의 사망은 그의 책임이 아니었다. 전혀 아니었다. 주검은 때로 아주 작은 것들이 발단이 된다. 빙산을 깨는 바늘처럼 미미한 것들이……

그러나 얽히고설킨 일들이 그에게 이런 극단을 강요해 버렸다. 강골형이던 그가 택한 책임치고는 지나친 파국이었다.

그렇다고 지난한 부검의 길이 끝인 것도 아니었다. 인간은 태어나고 죽는다. 주검이 있는 한 국과수의 부검은 쉴 틈이 없다. 창하가 겨우 휴식을 취하는 야밤에도 서울의 한 대학 주변 연립주택에서 엄청난 파장을 몰고 올 살인사건이 터졌다. 사망자는 중국인 유학생이었다.

파장은 홍콩 사태와의 연관 때문이었다. 사망하던 날 낮, 그 대학에서는 같은 과 학생들끼리 대자보 시비가 일었다. 홍콩 사태를 지지하는 한국 학생의 대자보를 같은 과 학생인 사망자가 찢어 태워 버린 것이다. 그걸 본 대자보 측 학생들과 격론 중에 싸움이 일어났다. 대자보를 붙인 한국 학생 여섯 명과 중국 유학생 세 명이었다.

처음에는 중국 학생들이 이겼다. 말로 하는 한국 학생들에게 완력을 행사한 것이다. 게다가 사망 학생의 덩치는 100kg을 오버 하는 거구였다. 하지만 여기는 한국 땅. 주변 학생들이 가세하니 중국 학생들이 밀려났다.

"멍청한 새끼들, 우리나라에 물건 팔아서 먹고사는 주제에 누구 편을 드는 거야?"

중국 학생들은 저주를 퍼부으며 돌아갔다. 그날 밤, 대자보를 태운 중국 학생이 죽었다. CCTV 확인 결과 같은 과 한국 학생 셋이 항의 방문을 다녀간 직후로 밝혀졌다. 안에서 목청 높이는 소리도 있었다.

"처음에 잠깐 목소리가 높았지만 결국 화해하고 나왔어요. 우리가 아니라고요."

한국 학생들은 부인했지만 목격자에 더불어 사망자의 혈흔이 나왔다. 파장은 걷잡을 수 없이 커져갔다. 중국 방송에서 한국 학생들이 대학 내에서 집단 폭력을 가한 후에 심야에 자택까지 쳐들어가 2차 폭력을 가하는 반인륜적인 작태로 자국의 선량한 유학생이 숨졌다는 보도를 낸 것이다. 설상가상 유학생은 당 간부의 외아들이었다. 그들 입장에서는 애국 학생이 어이없는 죽음을 당한 셈이었다.

홍콩의 불똥이 한국으로 튀는 순간이었다.

제8장
—
나는 대한민국 국대 검시관이다

중국 외교부가 성명을 발표하고 중국 당 기관지들이 강력한 '조치'를 촉구하는 강경 논설을 써댔다. 중국 대사는 경찰청장을 찾아가 항의까지 했다.

"범인을 중국으로 인도해 주시오."

그들의 요구는 극한으로 치달았다.

양국이 첨예한 신경전을 벌이고 있을 때 창하는 현장에 있었다. 사태의 심각성을 고려한 채린의 요청이었다.

빌라는 화양동에 있었다. S대도 가깝고 K대도 가까웠다. 구형 빌라가 많은 곳이라 CCTV 없는 집이 더 많았다. 한국 대학생들의 모습은 골목 입구의 CCTV에서 확인되고 있었다.

"선생님."

채린이 빌라 앞에서 창하를 맞았다. 골목에는 수많은 사람들이 몰려와 있었다. 개중에는 중국 유학생들도 많아 마스크에 피켓을 들고 침묵시위를 했다.

「한국은 무법지대」
「살인자를 죽여라」

문구도 섬뜩했다.

"들어가시죠."

폴리스 라인 앞에서 그녀가 말했다. 현장 안내는 배 경위가 맡았다. 빌라는 5층이었다. 소유주는 중국인이었고 세입자들 역시 대다수가 중국 학생들이었다.

"……!"

2층 문이 열리자 현장이 드러났다.

구조는 원룸형이다. 싱크대에는 먹다 남은 요리가 처박혀 있고 책상 역시 어지러웠다. 테이블에는 찻잔이 멋대로 흩어져 있다. 그 옆으로 한국 아이돌 미녀의 전신 포스터가 보인다. 짓궂은 자리에 짓궂은 낙서도 보인다. 한쪽 구석에는 수도 없이 쌓인 중국 명주의 빈 병들…….

학구파 유학생은 아닌 모양이었다.

'요즘 2—3류 대학들 중국 유학생이 돈줄이야. 한국어학원에서 1—2년 뽑아먹고 대학과 대학원에서 5—10년 뽑아 먹지. 진짜 공부하고 싶은 애들을 뽑아야 하는데 등록금만 내면 개나 소나 오케이니……'

재학 시절 한국어학원에서 강사를 하는 고교 선배에게 들은 말이었다. 아침 첫 시간이 되면, 다는 아니지만 술 냄새 풀풀 풍기며 출석하는 중국인들이 한둘이 아니라고 했다.

'중국에 가면 한국 학생들도 그런 친구들이 있다지.'

선입견을 내려놓고 현장 체크 모드에 돌입했다.

"여깁니다."

배 경위가 침대를 가리켰다. 침대 위에는 발견 당시의 라인이 뚜렷했다. 다리는 벽 쪽이고 머리는 바닥 쪽을 향한다. 그 벽에 혈흔이 진했다. 충격비산혈흔은 물론이고 휘두름이탈혈흔도 보였다. 침대 위에 앉아 있다가 당했다는 뜻이었다. 그러나 쓰러진 후에도 계속 공격이 가해졌다. 혈흔의 패턴이 위에서 아래로 내려가는 게 증거였다.

흰 침대보는 검붉게 물들었다. 쓰러진 후에 움직이지 않았다는 뜻이다. 그것은 곧 움직이지 못하는 상태에서도 가격을 당했다는 의미이기도 했다. 달리 말하면 공격자는 이 중국인을 죽이려는 살해 의사를 가지고 있었다.

창하는 시신의 위치를 눈여겨보았다. 쓰러진 자세만 보면 혈흔의 패턴과 약간의 상이점이 있어 보였다. 묘한 불일치가 느껴지는 것이다.

"어떻습니까?"

한참 후에 채린이 물었다.

"앉은 상태에서 당했네요. 혈흔으로 보아 첫 한 방에 치명타를 입었는데 쓰러진 후에도 계속 공격을 가했군요. 처음부터 죽이려는 의사가 있다고밖에 볼 수 없습니다."

"그게 의문입니다. 용의자 곽진구는 이 친구를 이렇게 죽일 동기가 없거든요."

"낮에 교정에서 시비가 있었다면서요?"

"대자보 문제로 각을 세운 건 맞는데 어쨌든 같은 과 동기랍니다. 서로 엉겨 붙어 옥신각신하다가 같이 쓰러지는 바람에 코피와 함께 약간의 상처가 나기는 했지만 죽이고 살릴 정도는 아니었다고 합니다."

"그럼 기자들이 부풀린 거로군요?"

"그렇다고 봐야죠."

"하지만 몸에 천후웨이의 혈흔이 있었고 아령에서도 DNA가 나왔다고요?"

"오른손 소매와 가슴팍 등에… 곽진구 말로는 낮에 시비 과정에서 천후웨이가 코피와 함께 상처가 났는데 천후웨이가 쓰러질 때 같이 넘어지면서 묻은 피라고 하고 있고 아령은 호기심에 한번 만져본 거라고 주장하고 있습니다."

"같이 온 학생들은요?"

"그 학생들 진술 역시 일치합니다. 시비 소식을 들은 과 대표가 대자보를 붙인 곽진구와 친구들을 만났고 술 한잔하면서 얘기하다가 화해하는 게 좋겠다고 해서 같이 찾아왔다는 겁니다. 처음에는 천후웨이가 꺼지라고 소리를 쳤는데 여학생인 과 대표가 설득하니 문을 열어줬다고… 그 후에는 중국 명차까지 대접해 줘서 원만하게 화해하고 나왔다는 겁니다."

"하지만 곽진구가 혼자 추가로 들어갔다면서요?"

"곽진구 말로는 핸드폰을 놓고 와서 잠시 들른 거라고……."

"그런데 정체한 시간이 좀 길었어요."

"혼자 들어갔더니 천후웨이가 말을 걸었다고 합니다. 내일 따로 한잔하자고 말입니다. 그러면서 한국의 여행지를 물어 잠깐 알려주느라 늦었다고 합니다. 물론 곽진구의 입장입니다."

"정체한 시간이 약 10분에 범행 도구는 중국 학생의 아령, 오른편 두개골 손상으로 예상되는 범인은 왼손잡이. 옷에서 사망자의 혈흔 검출, 아령에서 DNA 검출. 불행하게도 시간과 조건만 보면 범인 유추가 가능하네요."

"곽진구가 진짜 범인일까요? 제가 만나봤는데 도무지 그럴 사람 같지 않아서……."

"팀장님 촉인가요?"

"촉에 기댈 수 없어서 국과수의 협조를 요청한 거 아닙니까? 게다가 중국 측에서도 선생님의 부검에 대해서는 호의적이니……."

"다른 요인은 어떻습니까?"

"같이 온 학생이 셋이었는데 과 대표는 여자입니다. 체격도 작아 아령을 휘두르기 어렵고 덩치가 큰 천후웨이를 제압하기도… 무엇보다 동기가 없습니다. 다른 한 명은 과에서 친구들 간의 신망이 놓은 편이라 곽진구와 천후웨이의 화해를 위해 따라온 사람이지 천후웨이와 감정이 있는 사이가 아니었습니다."

"제3의 인물일 가능성은요?"

"그렇게 치면 이 건물에 살고 있는 중국인들 전체가 용의자인데 중국 쪽에서 정부 차원의 각을 세우는 바람에 기본적인 수사밖에 진행할 수가 없습니다."

"반발이 그렇게 심한가요?"

"홍콩 지지 대자보와 대비되는 중국 명차… 부당한 것을 주장하는 한국 친구들에게 우정 어린 손길로 명차까지 대접했는데 살인을 당했다며 반인륜을 기정사실화시켜 버리고 있습니다. 이미 중국 공안당국자가 세 명이나 와 있는 상태고요."

"당국자까지요?"

"이 수사의 처음부터 끝까지 그들을 참여시키라고 압박을 주고 있습니다. 청장님도 곤혹스러운 눈치입니다."

"지문이나 족적 같은 것은요?"

"그게 너무 많아서……"

"……?"

"여기 3층, 4층, 5층에 사는 30여 명의 유학생들이 죄다 친구이자 선후배들입니다. 게다가 학교의 중국 유학생들까지 시도 때도 없이 드나드는 바람에……"

"나온 게 없다는 거군요?"

"중국 유학생들 방 안을 정밀 수색 했으면 좋겠는데 상황이 이렇다 보니 진행하지 못하고 있습니다. 중국 정부에서 인권 침해니 자국민 무시니 하면서 시비를 걸까 봐……. 그렇잖아도 그동안 일어난 중국 유학생들의 차별 건을 이번 사건을 틈타 죄다 표면화시키고 있거든요."

"그들 방문을 열고 들어가려면 결정적인 증거가 필요하군요?"

"죄송하지만 그렇습니다."

"그럼 아령은요? 지문을 닦기는 했지만 중국 학생의 유전자가 나왔다면서요?"

"그게……"

채린이 고개를 저었다. 아령은 난해했다. 중국인들이 서로 공유하는 것이다 보니 수십 명의 DNA 흔적이 남은 것이다.

"그럼 부검부터 해보죠."

창하가 결론을 냈다. 현장을 돌아보는 건 사인 도출을 위한 준비 단계였다. 현장에 남은 게 없는 한 현장에서 범인을 찾아낼 수는 없었다.

"그런데 그게……."

채린이 또 고개를 저었다.

"부검이 안 된다는 겁니까?"

"중국 측에서 절대 거부 의사를 밝혀왔습니다. 해서 선생님 이름을 팔아봤는데 이번에는 그것도 통하지 않았습니다."

"제가 중국 공안부의 오둥티안 부부장님을 압니다. 직접 통화해 보겠습니다."

창하가 핸드폰을 꺼내 들었다.

"여보세요."

통화가 이루어졌지만 원하는 건 얻지 못했다. 중국 본토가 골머리를 앓고 있는 홍콩 사태. 그와 연결된 사건이다 보니 복잡한 시각이 얽힌 모양이었다.

―선생님을 믿지만 당의 분위기가 그렇습니다. 미안하게 되었습니다.

오둥티안이 전화를 끊었다.

"불가죠?"

눈치를 차린 채린이 물었다.

"그렇다네요."

"어쩌죠? 당한 학생은 죽고, 용의자인 학생은 결백을 주장하고 있으니……."

"뭘 어째요? 차선책으로 가면 되죠."

"차선책이라면?"

"부검만 법의학입니까? 부검이 안 되면 검시로 하면 되잖습니까? 중국에서 그것까지 딴죽 걸 일은 아니잖아요?"

창하가 잘라 말했다.

"이창하다!"

천후웨이의 시신이 안치된 대학병원에 들어서자 기자들이 우르르 몰려들었다. 당연히 중국 통신사와 방송국의 기자들도 많았다.

"부검하려는 겁니까?"

중국 기자들이 한국어로 합창을 했다. 주한 특파원들이니 한국어를 잘했다.

"부검은 중국 유족의 동의가 있기 전에는 하지 않습니다."

채린이 선을 그었다.

"그럼 이창하 검시관이 왜 온 것입니까?"

"그는 국과수 소속이고 범죄와 관련된 수사에 참가할 수 있습니다."

"부검의 전 단계 아닙니까? 우리 중국은 부검에 반대하고 있습니다. 지금 이창하 검시관을 앞세워 한국 학생이 범인이 아니라는 주장을 하려는 거 아닙니까?"

"용의자는 아직 범인으로 단정되지 않았습니다."

"어째서 아니라는 겁니까? 혈흔과 DNA가 나왔다면서요?"

"그것만으로 단정할 수 있는 사안이 아닙니다."

"팀장님, 잠깐만요."

채린이 발끈하자 창하가 나섰다.

"이창하입니다."

펑펑!

카메라가 터지기 시작했다.

"제가 여기 온 건 진짜 범인을 밝히기 위한 것이지 한국인이 범인이 아니라는 걸 밝히려는 게 아닙니다. 그게 누구든 살인범의 증거를 잡으려는 것, 그것만 기억해 주시면 고맙겠습니다."

"그 발언 약속할 수 있습니까?"

"다시 말하지만 중국 측 보호자의 요청이 없는 한 부검은 하지 않습니다."

채린이 기자들의 말꼬리를 잘라 버렸다.

"굉장하네요."

복도로 들어서던 창하가 고개를 저었다.

"중국이잖아요. 이제는 자기들이 지구 최고인 줄 알죠."

"차이나 머니가 무섭긴 무섭네요. 대학가에서도 불쌍한 한국인들이라며 동전을 던져주었다면서요?"

"그러게요. 대국의 품격은 위생간에 버리고 온 건지……."

위생간은 화장실이다. 중국의 무례를 중국어로 씹어주는 채린이었다.

"팀장님."

복도를 걷는 사이에 은 경사가 뛰어왔다.

"뭐야?"

"센터장님이 청장님을 모시고 오셨습니다."

"청장님?"

"이 선생님이 검시를 한다는 말씀을 듣고는……."

"아, 진짜… 그 어른들은 가만히 있는 게 도와주는 건데……. 어디 계셔?"

"기자들 눈이 있으니 검시실 안에 들어가 계십니다."

"할 수 없지. 가시죠."

채린이 창하 등을 밀었다.

"이 선생님."

시신이 준비된 검시실에 들어서자 경찰청장이 다가왔다.

"일단 시신부터 보겠습니다."

창하가 그를 막았다. 검시나 부검이라면 하느님의 참견도 허용치 않을 창하였다. 일단 부검복으로 갈아입었다. 시신에 대한 예의였다.

"시작하죠."

창하가 말하자 경찰청 과학수사 팀원이 오성홍기를 걷었다. 오성홍기는 중국대사관의 요청이었다. 사망한 천후웨이는 이미, 중국에서 의인 내지는 영웅으로 포장되고 있었다.

흰 천까지 걷히자 시신이 드러났다. 그의 상의는 어깨까지

붉게 물들었다. 머리의 출혈이 상의를 적신 것이다. 손상은 두부 쪽이었다. 손상을 확인하기 위해 손상 부위의 머리카락을 밀어놓았다. 피떡이 진 두부는 몹시 처참했다.

현장 사진을 본다. 그런 다음 시신을 돌아본다.

"잠깐만요."

모두의 양해를 구한 창하가 부검대를 벽 쪽으로 밀었다. 그런 다음 현장 사진과 같은 조건으로 위치를 맞췄다. 침대는 벽에 붙었다. 시신은 다리가 벽에 가깝고 머리는 앞쪽에 가까웠다.

창하가 외표 검사에 돌입했다. 손상은 주로 오른쪽이었다. 함몰에 골절까지 고려하면 약 20여 회의 타격을 받은 것 같았다.

두피의 열창은 여러 모양으로 생긴다. 머리에는 혈관이 많아 같은 타격이라도 출혈이 심할 수 있다. 따라서 열창만으로도 사망에 이를 수 있다.

일단은 열창의 형태로 흉기를 짚어갔다. 현장에 아령이 있었다지만 범인의 페이크일 수도 있기 때문이었다.

흉기가 망치라면 주로 세 가지 형태를 남긴다. 수직으로 치면 원형이 되고 비스듬히 가격하면 반달, 혹은 초승달 모양으로 남는다. 몽둥이라면 열창은 반듯한 모양을 띤다. 그러나 평평한 물건으로 치면 손상이 보이지 않을 수도 있다.

손상은 주로 원형이었다. 망치와 아령이 경합될 수 있지만 현장에서 나온 아령의 직경에 미루어볼 때 흉기는 아령이 틀림없었다.

'기습……'

창하 미간이 꿈틀 좁혀졌다. 사망자는 100kg이 넘는 거구였다. 그런데 저항흔이 없었다. 손가락과 손바닥, 손목 등이 깔끔했다. 그것은 또한 첫 번째 공격에 치명상을 입었다는 뜻이었다.

손상과 CT 촬영을 맞춰보니 짐작이 갔다. 후측두 함몰이다. 두개저부골절 동반이다. 골절은 반대편 후측두까지 뻗어갔다. 측두의 충격파가 좌우로 전달된 때문이었다.

사건 당시를 그려본다.

거구의 천후웨이가 침대에 올라가 앉아 있다. 두 발이 다 올라간 상태다. 돌아온 곽진구가 그 앞에 서 있다. 곽진구 손에는 아령이 들려 있다. 천후웨이를 향해 휘두른다. 이 한 방으로 치명타가 되려면 천후웨이는 눈을 감고 얌전히 있어야 한다. 커다란 아령을 보지 못했을 리가 없기 때문이다.

나 죽이쇼.

퍼억.

그림이 맞지 않는다. 천후웨이는 그럴 이유가 없었다.

'그렇다면……'

창하는 다양한 퍼즐을 띄워놓았다. 단 한 방의 치명타가 성립되려면 두 가지 조건이 필요했다. 침대에 올라앉은 사망자가 눈을 감고 있든지, 아니면 벽을 향해 돌아앉아 있든지.

그러나 돌아앉아 있게 되면 곽진구의 손과 매칭이 되지 않는다. 곽진구는 왼손잡이다. 돌아앉은 상태에서 습격을 했다면 사망자의 두개골 손상은 지금과 반대편 되는 곳에서 함몰이 일어나야 했다.

'그건 아닐 테고……. 응?'

다음 생각으로 넘어가던 창하가 벼락처럼 고개를 들었다. 아닌 게 아니었다.

"왜 그러시죠?"

채린이 물었다.

"잠깐만요."

창하가 다시 현장 사진을 당겨놓았다. 혈흔 사진을 고르더니 시신 앞의 벽에 붙인다. 휘두름이탈혈흔을 체크한다.

'헙.'

거기서 창하의 숨이 멈추고 말았다. 현장에서 느껴지던 혈흔과 시신 각도의 괴리감. 그 정체를 파악한 것이다.

"왜요?"

채린의 궁금증도 한계에 달했다.

"곽진구 소매의 혈흔 사진 있죠? 좀 보여주세요."

창하 목소리가 높아졌다.

"여기요."

창하가 청하자 배 경위가 사진을 띄워주었다. 창하게 매의 눈으로 바라본다. 왼손 손목 안쪽에 혈흔이 묻었다. 어깨 쪽에도 혈흔이 보인다. 하지만 오른쪽 소매에 묻은 것들까지 죄다 흔적에 불과했다.

시선이 다시 혈흔 사진으로 옮겨간다. 사망자의 함몰 부위와 비교한 창하, 마침내 검시 소견을 풀어놓았다.

"이 사진으로부터 추론된 범인의 공격 위치가 잘못되었습니다."

"예?"

채린이 귀를 세웠다.

"사진 말입니다. 경찰은 사망자가 침대에 엉덩이를 걸치고 앉아 있다가 범인으로부터 정면 공격을 받아 침대에 쓰러졌다고 보고 있지 않습니까?"

"예……."

"그게 아니고 뒤집어야 합니다."

"뒤집다뇨?"

"말 그대로 뒤집으라고요. 사망자는 침대에 올라가 정면을 보며 앉은 게 아니라 벽을 보며 앉았습니다."

"예?"

"벽을 보고 앉은 상태에서 당했다고요. 그래서 다리가 벽에 가깝고 머리는 문 쪽에 가깝습니다."

"선생님."

"혈흔으로도 알 수 있습니다. 선상분출혈흔과 휘두름이탈

혈흔을 보세요. 시신이 쓰러진 자세를 중심으로 오른쪽 패턴
이 더 선명합니다. 처음에는 쓰러질 때 머리가 기울었나 싶었
는데 그게 아닙니다. 경찰이 생각하는 반대 자세에서 공격을
당한 거라고요."

"선생님······."

"그 말은 곧 범인이 오른손잡이에다 등을 내줄 정도로 친근
한 사이라는 거죠. 곽진구는 왼손잡이니 범인이 아닙니다."

"······!"

창하의 검시 소견, 모두를 경악 속으로 밀어 넣었다.

*　　　*　　　*

"사망자 앉은키가 90으로 보입니다. 침대 높이가 55㎝였으
니 손상 각도의 평균치로 보아 범인은 165㎝ 정도의 키에 왼
손잡이입니다. 사망 시각으로 볼 때 외부인은 곽진구 한 명이
었으니 범인은 건물 내부에 있습니다."

"선생님, 그렇다면 중국 학생들이라는 얘기예요."

"제가 말한 키를 가진 학생이 있나요?"

"배 경위?"

채린이 배 경위를 돌아보았다.

"외출하거나 여행 간 사람을 제외하면 세 명 정도 됩니다."

배 경위가 수첩을 보며 답했다.

"그럼 그 세 사람 영장 받아서 수색해 보세요."

"선생님, 아시다시피 지금 중국이 날을 세우고 있는 판입니다. 좀 더 확실한 물증이 필요합니다."

"그러니까 수색영장 따라는 거 아닙니까? 물증은 그 사람들 방에 있어요."

"청장님."

결정이 어려운 채린이 청장에게 시선을 돌렸다.

"이 선생."

"다들 제게 국대 검시관이라 하니 그 명예와 직을 걸죠. 제 검시가 그렇게 나왔다고 공표하고 시작하셔도 좋습니다."

"……"

"청장님, 시간이 없습니다. 서두르지 않으면 증거인멸을 도울 뿐이라고요."

"정말 곽진구는 범인이 아닙니까?"

"예."

"범인은 그 건물 안에 있는 중국인이고요?"

"그렇다니까요."

"차 팀장."

청장이 채린을 불렀다.

"네, 청장님."

"영장 청구해요. 이 선생 이름이 아니라 내 이름을 걸고."

"청장님?"

"전임 청장은 미궁 살인 사건 때 그 직을 걸고 임하셨지요. 이건 그것만도 못한 사건입니다. 수사권 가진 경찰이 국과수 검시관의 이름으로 수사를 할 참입니까?"

"청장님⋯⋯."

"모든 책임은 내가 집니다. 서둘러요."

청장이 채린을 몰아쳤다.

"그럼 선생님, 아예 같이 가시죠. 이렇게 되면 중국 측에서 엄청난 압박을 해올 겁니다. 속전속결만이 해법이니 선생님이 필요합니다."

"듣던 중 반가운 말입니다."

창하가 콜을 받았다.

사태는 엄중했다. 중국 학생들에 대한 수색영장이 떨어지자 중국 외교부와 중국 대사가 극렬 반대를 하고 나섰다. 중국에서 급거 입국한 천후웨이의 아버지도 반대 입장을 분명히 했다. 그는 동반한 두 명의 가족과 함께 영장 집행까지 막아섰다.

—범인이 명백한데 무슨 수작인가?

—한국 경찰은 범행 은닉에 더해 조작을 하려는 것인가?

수사 당국에 더해 이창하에 대한 개인적인 모욕도 더해졌다.

—이창하면 다냐?

　—한국 수사 당국의 개일 뿐.

　그 광경이 중국 전역에 실시간 뉴스로 나갔다. 경찰은 영장을 받아 들었지만 밀고 들어가지 못했다. 혹시 모를 충돌로 야기될 불상사를 우려한 것이다.

　"미치겠네."

　관할서 형사들을 앞세운 채린이 머리를 긁어댔다. 옆으로 비껴 선 창하가 핸드폰을 꺼냈다. 다시 중국 공안부 부부장 오둥티안에게 전화를 건 것이다.

　"부부장님."

　창하의 목소리는 이제 고조되어 있었다.

　"검시가 끝났습니다. 결과를 알려드립니다."

　창하의 설명이 나갔다. 혈흔과 현장, 시신의 상태를 종합해 가감 없이 통보해 주었다.

　"범인은 한국인이 아닙니다. 시신을 정밀 검시한 결과 현재 범인으로 지목된 한국인과는 무관합니다. 그를 범인으로 예단한 여러 정황 또한 살인 현장과 맞지 않습니다. 그러니 수사 협조를 부탁합니다."

　—……

　"현장에 들렀던 한국 학생은 범인이 아닙니다. 제 명예를 걸고 약속합니다."

—……

"부부장님, 중국인들의 감정은 이해합니다. 하지만 아닌 건
아닌 겁니다. 이러다 중국 학생이 범인이면 그 파장을 어떻게
감당하실 겁니까?"

—……

"대한민국을 대표하는 검시관으로 말씀드립니다. 영장 집행
에 협조해 주십시오. 한국 경찰은 지금 최대한의 인내심을 발
휘하고 있습니다. 만약 영장 집행으로 얻는 게 없다면 중국으
로서는 한국 경찰의 수사 능력에 대해 반격할 수 있는 공적인
기회가 되지 않겠습니까?"

—으음……

오둥티안의 신음이 나왔다. 창하의 딜에 마음이 움직인 것
이다.

—기다려 보시오.

그가 전화를 끊었다. 그로부터 20여 분 후였다. 천후웨이의
부모 품에 있던 핸드폰이 울렸다. 천후웨이의 아버지가 전화
를 받았다. 씩씩거리던 그의 표정이 차갑게 굳었다.

"그렇게 하지요."

그가 중얼거렸다. 그러더니 실랑이를 벌이던 한국 경찰을
밀치고는 자리를 내주었다.

"선생님."

채린이 환호를 했다.

"아직은 아닙니다. 증거를 찾지 못하면 이 사건의 수사권을 중국 측에 내줘야 할지도 몰라요."

창하가 앞장을 섰다. 닥치고 증거를 찾아야 할 판이었다.

세 용의자 중의 한 사람 방은 잠겨 있었다. 일단 남은 두 사람 방부터 수색에 돌입했다. 첫 번째 방은 아무것도 나오지 않았다. 알리바이도 있었다.

"여친이랑 같이 있었어요."

배 경위가 확인하니 팩트로 나왔다. 게다가 여친은 하나도 아니고 둘이었다. 실내와 의복, 신발 등에서 혈흔이 나오지 않은 상황. 그대로 두고 다음 용의자인 린하이 방의 수색으로 넘어갔다.

"밤새 온라인 게임 하고 있었거든요."

그의 주장이었다. 그 또한 사실로 나왔다. 계정의 접속 기록을 보니 새벽 3시 50분까지 게임을 했다. 하지만 다른 증거가 나왔다.

"혈흔 반응입니다."

은 경사가 올린 개가였다. 보일러실에 있는 세탁 바구니였다. 희미하지만 혈흔이 맞았다. 수색이 활기를 띠기 시작했다. 혈흔은 빨랫줄에 널린 상의에서도 나왔다. 왼손 소매 쪽이었다. 피떡이 진 부분이 세제에 다 닦이지 않은 것이다.

"체포해."

동행한 강력 팀장이 형사들에게 지시했다.

"왜 이래요? 난 아니라고요."

린하이가 몸부림을 쳤다.

"세탁 바구니에 묻은 혈액이 사망한 천후웨이의 것과 같고 세탁한 상의에서도 혈흔이 나왔어. 당신이 죽이고 증거 감추려고 세탁한 거 아냐?"

"고려 빵쯔. 난 친구들 게임하고 있었다니까. 게임 기록 확인했잖아?"

"알리바이를 위해 잠시 접속만 하고 범행을 저질렀을 수도 있지."

"아니라고. 난 당 간부 아들이라고 힘주는 천후웨이 그런 자식에게 관심도 없거든."

"그럼 저 옷은 뭐야? 천후웨이의 피가 묻었잖아?"

"미안하지만 저 옷은 내 거 아니거든. 아래층 리어우쉬 거야."

"리어우쉬?"

"그놈은 세탁기가 없거든. 그래서 가끔 와서 빤다고."

"그게 정말인가?"

"아, 진짜 개빡치네. 이 고려빵쯔들……."

린하이가 게거품을 물었다.

"아래층 개문해."

강력 팀장이 형사들을 바라보았다. 형사들이 우르르 계단을 내려갔다. 열쇠공을 불러 문을 열었다.

"혈흔입니다."

현관에서부터 혈흔이 나왔다. 세면대에서도 나오고 방의 문과 침대보 등에도 혈흔이 비쳤다. 그냥 보아서는 보이지 않지만 루미놀이 있었던 것이다.

"차 팀장님, 유전자 검사 좀 부탁합니다."

강력 팀장이 말했다. 그런 다음 리어우쉬의 소재 파악에 착수했다.

"세 시간 후에 출발하는 중국 하문행 티켓이 예약되었답니다."

소재를 추적하던 형사가 소리쳤다.

"뭐야?"

"이미 출국심사를 마쳤다는데요?"

"젠장, 당장 공항 파견대에 연락하고 차 대기시켜."

강력 팀장이 문을 박차고 나갔다.

창하는 차분하게 혈흔을 살피고 있었다. 출입문을 시작으로 혈흔 반응은 점점 약해졌다. 원룸으로 돌아온 리어우쉬, 작은 소파에 늘어졌다. 그곳에 혈흔이 남았다. 그런 다음 작은 욕실에서 샤워를 했다. 그 손잡이에도 혈흔은 남았다. 샤워실에서 나온 후에 책상으로 갔다. 혈흔은 이제 거의 흔적뿐이었다. 여기서 무엇을 검색했는지는 배 경위가 파악 중이었다.

"중국 사이트를 열었지만 검색은 하지 않았습니다. 접속 시간은 단 2분입니다."

배 경위가 채린에게 보고를 했다.

"검색하려는 순간 정신이 돌아온 거야. 기록이 남을까 봐 꺼버린 거고. 대신 핸드폰으로 했겠지."

채린이 중얼거렸다.

"……?"

창하는 책장을 바라보았다. 리어우쉬의 전공은 문화콘텐츠학이었다. 책상을 보니 리포트 자료가 많았다. 몇 장 잡아놓은 초안을 보니 공부를 제대로 하는 학생이었다. 그런데 리포트는 하나가 아니다. 리어우쉬 자신과 천후웨이의 것도 있는 것이다.

'대필?'

그런 생각을 하는 시야에 지압 전문서 하나가 들어왔다. 주르륵 넘겨보니 폼으로 사놓은 게 아니었다. 경혈과 경락 공부가 제법인 것이다. 특히 수삼리와 양계, 견우혈에 체크가 많았다. 세 혈자리는 공히 어깨와 팔을 풀어주는 혈자리였다.

"……!"

창하 촉이 벼락처럼 움직였다. 천후웨이가 벽을 향해 돌아앉은 이유. 지압을 받기 위한 것일 수 있었다.

"잠깐만요."

창하가 문을 차고 나갔다.

"맞아요. 리어우쉬가 지압 좀 하죠. 걔 할아버지가 복건성 일대에서 날리던 지압사라고 했거든요."

위층의 린하이가 답했다. 자신에게 쏠린 혐의를 벗기 위해서라도 협조적이었다.

"그럼 리어우쉬가 죽은 천후웨이에게 자주 지압을 했나요?"

"로우루오죠."

로우루오, 똘마니라는 얘기다.

"상하 관계라는 뜻입니까?"

"리어우쉬 그 자식이 천후웨이에게 약점을 잡힌 눈치였거든요. 그래서 언제라도 천후웨이의 콜이 오면 달려갑니다. 심부름도 하고 여자도 불러주고, 심지어는 게임 캐릭 키우기에 빨래까지도……."

"고맙습니다."

창하가 답했다. 범행 동기와 범행 과정을 포착한 것이다.

리어우쉬는 하문행 게이트 앞에서 전격 체포가 되었다. 경찰이 다가서자 그는 체념한 듯 순순히 수갑을 받았다고 한다.

경찰청 조사실이 활기를 띠기 시작했다.

"……."

그러나 리어우쉬는 수갑을 받은 것과는 달리 완전한 묵비권을 행사하고 나왔다. 담배를 피우지만 그것도 거절하고 식사도 거절했다.

결국 과학수사센터의 전문가 투입이 결정되었다. 프로파일러로 배 경위가 나섰고 창하 역시 수사 협조 요청으로 경찰청 조사실 멤버들과 합류를 했다.

"선생님의 족집게 증거가 제 프로파일링보다 백배는 낫더라고요. 부탁합니다."

배 경위가 창하에게 조언을 구해왔다.

"속전속결이어야 하죠?"

"맞습니다. 시간을 끌게 되면 결국 중국 정부가 강공으로 나올 겁니다."

"그렇다면 팩트만 짚으셔야겠네요."

"팩트만?"

"여길 보시죠."

창하가 그녀를 테이블로 불렀다. 거기서 증거로 도출한 사건의 전말을 설명해 주었다. 배 경위는 진지하게 몰입했다. 그녀도 알고 있는 살인 현장. 그러나 창하의 시각은 확실하게 달랐다.

"잘해."

조사실로 향하는 배 경위 등을 채린이 두드렸다. 다른 사람은 옆에 마련된 참관실에서 추이를 보기로 했다. 사안이 중대하니 경찰청 차장과 센터장에 두 국장, 수사과장도 자리를 잡고 있었다.

"배 경위 혼자 되겠나?"

센터장이 채린에게 물었다.

"여기 이 선생님이 특별한 조언을 주셨거든요."

채린이 답했다. 그런 다음 조사실 안으로 시선을 던졌다.

텅 빈 공간에는 리어우쉬 혼자였다. 그는 수갑을 차고 있었다. 딸깍, 소리와 함께 배 경위가 들어섰다. 리어우쉬를 안심시키기 위해 근엄한 제복 대신 평상복을 입었다.

"……."

리어우쉬는 아무런 반응도 하지 않았다. 배 경위 역시 별다른 말을 하지 않았다. 이미 기 싸움이다. 밀리면 진술은 끝이었다. 그대로 창가까지 걸었다. 거기서 잠시 창밖을 내다보는 배 경위……

"……."

"……."

두 사람의 침묵은 길었다. 그럼에도 배 경위는 느긋한 표정이었다.

"뭐야? 자신이 없는 거 아니야?"

국장이 중얼거렸다.

"아닙니다. 고도의 심리전이지요."

채린이 답했다. 그녀는 배 경위를 믿고 있었다. 창하의 코칭까지 받은 마당이었다.

얼마나 지났을까? 한숨과 함께 리어우쉬가 손을 만지작거리기 시작했다. 배 경위가 그걸 놓칠 리 없었다.

"그 손 말이에요."

배 경위의 첫 마디가 떨어졌다. 그녀의 시선은 여전히 창밖이었다.

"……?"

리어우쉬가 약간의 반응을 보였다.

"지압하는 손이라 그런지 부드럽네요."

"……."

"수삼리혈, 양계혈, 견우혈……."

"……."

세 혈자리가 나오자 리어우쉬의 시선이 살짝 흔들렸다.

"천후웨이 그 친구… 늦은 시간에 지압을 강요했죠? 과제까지 써달라고 하는 주제에……."

"……?"

리어우쉬의 반응이 커졌다. 고개를 들고 배 경위를 바라본 것이다. 그러나 그의 시선에 들어온 건 배 경위의 뒷모습일 뿐이었다.

"침대 위에 거만하게, 하던 아령을 내려놓고 등을 보인 채 앉아서는… 야, 지압해. 시원하게 못 하면 뒈진다."

"……."

"아니, 어쩌면 그보다 더 심한 말도 했겠죠? 그런 말들이 결국 당신을 자극하게 되었고… 당신은 자신도 모르게 아령을 집어 들고 말았습니다."

"……."

"그의 앉은키는 90㎝. 침대 높이는 55㎝. 뒷머리를 치기에는 굉장히 좋은 포지션. 그래서 그의 왼쪽 머리를 그대로……."

퍽!

퍽, 퍼억!

배 경위 입에서 바람 소리가 튀었다. 그러자 리어우쉬가 격렬하게 경련하기 시작했다.

"퍽, 퍽, 퍽!"

"그마안."

마침내 리어우쉬의 절규가 터졌다.

"순식간의 일이었죠. 하지만 당신은 생각했어요. 방금 전에 나간 한국 학생들. 낮에는 다툼이 있었고 심야에 찾아왔을 때도 목소리가 높았으니 그들의 범행처럼 꾸며야겠다. 아니, 어쩌면 당신은 천후웨이로부터 한국 학생들이 아령을 만졌다는 말도 들었을지 모르죠."

"그만……."

터엉!

리어우쉬가 두 손으로 테이블을 내려쳤다. 그리고 배 경위도 놀랄 만한 진술을 토해놓았다.

"뭐야? 그 자식, 몰카가 또 있었어?"

몰카?

게다가 또?

배 경위가 벼락처럼 돌아섰다.

"몰카?"

그 반응은 참관실의 간부들도 다르지 않았다.

"개자식, 하긴 여자들 데려다 그거 찍는 게 소원이었으니 더 있었을 수도……."

리어우쉬가 치를 떨었다.

몰카.

일대 반전을 암시하는 실마리가 나왔다.

그런 게 존재한다면, 혹시라도 범행 현장이 담겨만 있다면 수사를 옥조여 온 중국 정부를 단칼에 묵사발 낼 수도 있었다.

*   *   *

"당신이 찾은 건 어쨌어?"

배 경위의 첫 대응이 기가 막혔다. 리어우쉬 앞으로 다가선 배 경위, 그 눈을 뚫어질 듯 노려보며 촌철살인의 한마디를 던진 것이다. 조금 전에 보이던 부드럽고 관망적인 태도는 찾아볼 수 없었다.

그건 빈틈없는 질문이었다. 리어우쉬의 암시를 완벽하게 커버하는…….

그녀는 제대로 알고 있었다. 이런 일로 조사실을 나가 간부들과 의논을 한다면 리어우쉬가 심경의 변화를 일으킬 수 있다는 사실.

"……."

"말해. 사실 우리는 다 알고 있어. 다만 당신이 유학생이라 선처의 기회를 주고 있을 뿐이야."

슬슬 닦아세운다. 프로파일러의 경험이 빛을 발하는 것이다.

"어디서… 찾았습니까?"

고개를 떨군 채 그가 물었다. 어깨가 떨리는 것으로 보아 버티기의 마지노선이 붕괴되기 직전이었다.

"아주 은밀한 곳. 우리도 애 좀 먹었지."

"젠장, 좀 더 찾아봤어야 했는데……."

"당신은 어디서 찾았어."

배 경위가 계속 닦아세웠다. 단 한마디라도 삐끗하면 상황의 변화를 가져올 수 있는 질문이었다. 헛발질이 나온다면 피의자에게 발뺌할 동기부여를 하는 것이다.

"창틀 꼭대기요. 거기서 내가 당했거든요."

'당해?'

"개자식……."

리어우쉬가 두 팔에 얼굴을 묻고 흐느꼈다. 완전히 무너졌다는 신호였다. 그제야 배 경위가 숨을 돌렸다. 이제는 그녀의 페이스대로 끌고 갈 수 있었다.

"그 몰카는 어쨌어?"

"······."

"말하기 싫으면 안 해도 괜찮아. 사실 우리는 다른 영상을 확보했고 아까 말처럼 당신에게 수사 협조의 기회를 주는 것뿐이니까."

배 경위는 자신만만하다. 이 자신감이 상황을 리드하게 만들었고 결국 피의자의 입을 열게 하고 말았다.

"공항 휴지통에 버렸어요."

"어느?"

"카운터 키오스크 옆에······."

"좋아. 이제 본격적으로 진술 시작하자고."

참관실을 바라본 배 경위가 의자를 당겨 앉았다. 신호를 받은 채린과 수사과장은 벌써 복도를 달리고 있었다.

"출동 준비, 인천공항 출국 카운터의 모든 휴지통 처리 중지시켜."

비상 출동 차량에 탑승한 수사과장의 목소리가 전화를 타고 퍼져 나갔다. 상황은 긴박하게 전개되었다. 공항 경찰대가 출동하고 관련 직원들이 호출되었다.

기적적으로 몰카 동영상을 확보했다. 쓰레기 하치장을 네 시간이나 뒤져 찾아내고 만 것이다. 그걸 복구했을 때 경찰청 과학수사센터는 또 한 번 환호성으로 가득 찼다.

영상은 약간 손을 본 후에 전격 공개했다. 온갖 억지와 딴죽을 걸어오던 중국 측에 대한 대응이었다. 화질은 나름 깨끗했다. 사망한 천후웨이 덕분이었다. 그는 여자들과의 관계 동영상을 찍는 게 소원이었다. 그래서 몰카에 거액을 투자한 것이다.

리어우쉬의 도움으로 천우훼이의 차명 닉네임을 확보해 중국 포탈에 접속했다. 확인 결과 모두 세 명 분량의 몰카가 올라가 있었다. 그중 하나가 바로 리어우쉬의 몰카였다.

"여친이랑 태국 여행을 갈 때 그 자식이 이 방을 빌려줬어요. 당시 내 방 화장실 타일이 여러 장 떨어져서 타일을 새로 하느라 하루 비워야 했는데 느닷없이 인심을 쓰더라고요. 그래서 여친이랑 이틀을 지냈는데……."

그게 덫이었다. 태국에서 돌아온 천후웨이가 리어우쉬를 부른 것이다.

"끝내주는 거 있는데 한번 볼래?"

노트북 화면이 열리는 순간 리어우쉬의 눈이 뒤집혔다. 침대 위에서, 혹은 소파 위에서 나뒹구는 벌거숭이가 바로 자신과 여친이었다.

"너네 집에 하나 보내줄까?"

그걸 빌미로 천후웨이의 딜이 나왔다.

—네 여친에게 약 먹여서 한 번 자게 해줄 것.
—앞으로 레포트 등의 과제를 도맡아줄 것.

싫으면?

천후웨이가 아버지의 사진을 꺼내 보였다. 그의 아버지는 복건성의 당 간부였다. 눈 밖에 나면 유학 생활을 막을 수도 있었고 리어우쉬 아버지의 사업을 방해할 수도 있었다.

리어우쉬는 눈물을 머금고 강압에 응하는 수밖에 없었다.

그렇게 상납한 여친이었기에 차마 더 만날 수 없었고, 천후웨이의 모든 과제와 허드렛일은 리어우쉬의 차지가 되었다. 심지어는 여친들과 놀아난 다음 날의 상하체 회복 지압까지도.

'개자식.'

치를 떨지만 도리가 없었다. 자신의 약점은 천후웨이의 손에 있었고 그게 중국에서 까발려지면 그의 아버지의 사업도 안전하지 못할 터였다.

그 인내의 한계가 풀린 게 사건 당일이었다. 천후웨이는 당 간부의 아들답게 대륙과 당성(黨性) 과시를 좋아했다. 홍콩 지지 대자보가 눈에 거슬리지만 자기 손으로 수고하지는 않았다.

"뜯어 와라."

리어우쉬에게 명령을 내렸다. 리어우쉬가 대자보를 가져오자 그가 불을 붙였다.

"아직도 동전 쓰는 티끌만 한 나라 그지 새끼들에게 동전 몇 푼 던져줘라."

그 명령도 받았다. 그렇게 일어난 한국 학생들과의 시비였다. 그러나 최악은 한국 학생들이 돌아간 직후였다. 야밤 호출 명령이 온 것이다.

"야, 리어우쉬."

창문을 열고 위층을 향해 소리치는 것으로 호출은 끝이었다. 그렇기에 그의 핸드폰에 단서가 남지 않았다.

"낮에 뒹굴었더니 어깨 존나 아프다. 좀 풀어주고 네 여친 좀 데려와라."

침대의 천후웨이가 벽을 향해 돌아앉았다.

"여친?"

"새로 사귀는 거 다 알거든? 우리 과 대표 닮았잖아? 아까 과 대표 봐서 그런지 팍 쏠린다."

"야아, 천후웨이."

"안 돼?"

그가 고개를 돌렸다. 냉소와 빈정이 버무려진 얼굴이었다.

"걔는 안 돼."

"그럼 그 동영상 뿌려?"

"야……."

"딱 한 번만. 데려만 오면 수면제는 내가 알아서 먹일게."

"……."

"뭐 하나? 얼른 오라고 전화 때리고 어깨 주무르지 않고."

천후웨이의 일방 통보였다. 벽을 향해 돌아선 그는 황명이라도 내린 듯 거만하기 그지없었다.

개자식.

리어우쉬의 눈에 아령이 들어왔다. 한국 친구들이 호기심으로 만져보다 갔다고 했다.

'후우.'

호흡이 가빠지기 시작했다. 새 여친과는 결혼까지 생각하고 있었다. 게다가 그녀는 한국 생활이 처음이었다. 자신을 철석같이 믿고 있는데 이런 쓰레기에게 진상하고 싶지는 않았다.

개자식.

한 번 더 분노가 치밀자 눈알이 뒤집혔다. 결국 아령을 집어 들고 말았다. 나머지는 창하의 말과 같았다. 일격에 천후웨이를 쓰러뜨린 리어우쉬. 그가 쓰러진 후에도 미친 듯이 아령으로 짓이겼다. 그의 덩치에 대한 두려움과 그동안 당한 것에 대한 폭발이었다.

―죽어.

―죽으라고.

―이 인간 같지도 않은 새끼야.

영상을 본 채린과 청장, 센터장, 배 경위 등은 혀를 내둘렀다. 범행의 시작과 끝이 창하의 말과 일치하고 있었다. 곽진구가 정면의 천후웨이를 정면에서 타격한 게 아니라, 리어우쉬가 등을 돌리고 앉은 천후웨이의 측두골을 강타한 것이다.

[홍콩 대자보 관련 중국 유학생 살인사건의 진범은 빌라 위층 중국 유학생]

[평소 불만이 쌓여 순간적 범행]

[한국 수사 당국, 수사 주권 무시한 중국에 일격을 가하다.]

[국과수의 뚝심이 올린 또 하나의 개가]

[이창하 검시관, 중국 유학생 살인사건의 해법 족집게처럼 제시]

한중 양국의 방송과 인터넷은 온종일 뜨거웠다.

"결국 이렇게 되었군?"

소장실의 피경철이 창하를 보며 웃었다. 창하 옆에는 권우재가 착석해 있었다. 뉴스가 나오자 피경철이 둘을 부른 것이다.

"경찰청장님 전화가 왔었네. 국과수 전체 직원에게 고맙다고."

"복잡한 시국이 끼어들었을 뿐이지 별것 아니었습니다."

창하가 소감을 밝혔다.

"어디에서 확신을 얻었나?"

"현장과 다잉 메시지죠. 사망자가 만취하지 않은 이상, 그 덩치에 저항하지 않을 수 없잖습니까?"

"그렇지."

"그래서 돌아앉아 있었다는 판단을 했습니다. 생각을 비틀고 보니까 혈흔의 패턴이 제대로 들어맞더군요."

"그것도 자네니까 가능했던 거야. 대개는 정면에서 타격했다고 보는 게 일반적이니까."

권우재가 대화에 들어왔다.

"아무튼 경찰과 정부 측에서는 바짝 긴장했던 모양이야. 자칫하면 양국 외교에도 금이 가는 건 물론, 겨우 정상화된 중국과의 각종 통로에 동맥경화가 다시 올 가능성이 높았다고 하더군."

"그럴 수 있었겠죠. 중국 정부는 하나의 중국이라는 가치를 훼손당하는 것에 거부감이 강하니까요."

"아무튼 수고가 많았네."

피경철이 치하하는 사이에 창하 핸드폰이 울렸다.

"받게나."

피경철이 창하를 바라보았다. 발신번호를 보니 중국 공안부의 오동티안이었다.

"여보세요."

창하가 중국어 통화를 시작했다.

―이 선생님.

"예, 부부장님."

―방금 우리 유학생의 사건 보도와 함께 한국 경찰에서 보

내준 현장 동영상을 받았습니다.

"예……."

—일단 심심한 사과부터 드립니다. 저뿐만 아니라 라오서 동지의 뜻이기도 합니다.

"저한테 사과할 건 없습니다."

—아닙니다. 동영상을 보니 이 선생님이 말한 범행 진실과 완전하게 일치하더군요. 솔직히 다시 한번 현기증을 느꼈습니다. 당신이야말로 사인의 신이로군요.

"과학수사의 일면일 뿐입니다."

—그러니 제가 부끄럽다는 겁니다. 사실 이번 사건은 우리 국내 수사진에서도 검토를 했었습니다. 그런데 역시 한국인 방문자가 살해했다는 쪽이었죠.

"……."

—처음에 선생님이 직접 전화를 걸었을 때 그 말을 믿고 부검을 맡겼어야 하는 건데… 우리 당 분위기가 격앙되다 보니…….

"저는 괜찮습니다."

—한국 수사당국에도 일단 심심한 사과를 전했습니다. 후속 조치 역시 곧 시행될 것입니다.

"……."

—아울러 천후웨이의 부친도 선생님을 찾아가 사과할 겁니다. 내키지 않을 것은 알지만 사과를 받아주시면 고맙겠습니다.

"부부장님, 아들을 잃어 슬플 분인데 그럴 필요까지는 없습니다."

─들자니 그가 한국 수사당국과 이 선생님에게 모욕적인 발언까지 했다고 하더군요. 당의 지시가 아니라 그가 판단한 것이니 만나주시면 고맙겠습니다.

"……."

─다시 한번 고개 숙여 사과를 드립니다.

오둥티안과의 통화가 끝났다. 국가대표 검시관 이창하. 그 위용을 유감없이 과시하는 순간이었다.

"이 선생님."

천후웨이의 아버지와는 대기실에서 만났다. 빌라 앞에서 기세를 올릴 때와는 완전히 다른 기세였다.

"백배 사죄드립니다."

고개를 떨구는 그에게 창하가 흰 국화 한 다발을 내밀었다.

"이건?"

"어쨌든 아드님을 잃었잖습니까? 부모로서의 참담한 마음 충분히 이해합니다. 그러니 시신 잘 수습해서 돌아가시기 바랍니다."

"이 선생님……."

천후웨이 아버지의 어깨가 한 뼘 더 떨어졌다. 창하의 포용력에 놀란 것이다.

"올 때는 당의 지시로 왔지만 직접 대하고 보니 마음이 바꿰었습니다. 당신은 범접하기 힘든 대인이로군요. 현장에서의 모욕 진심으로 사과드립니다."

그의 고개가 한 뼘 더 떨어졌다. 창하의 진심이 빚어낸 결과였다.

천후웨이 피살 사건.

어떻게 보면 한중 관계에 최악의 한 수가 될 수 있었다. 외교부도 경찰청도 골머리를 앓던 사건. 부검 하나로 정리해 버리는 창하였다.

제9장
—
국회를 평정하다

이틀 후, 창하는 아침부터 분주했다. 오후로 예정된 국회 행정안전위원회의 초청 때문이었다. 오전에 배정된 부검은 2건. 조금 일찍 끝내고 발표 의견을 검토할 생각이었다. 하지만 출근 전에 걸려온 전화 한 통이 스케줄을 흔들고 말았다. 목소리의 주인공은 권우재였다.

"과장님."

창하가 전화를 받았다. 이른 아침의 전화는 좋지 않다. 십중팔구 강력사건인 경우가 많았다. 게다가 최근 부산 지역에서 원양어선 선원을 대상으로 벌어지는 흉기 연쇄살인이 있었다. 부산 국과수가 전력투구하고 있지만 범인의 행적은 오리

무중이었다.

—아아, 긴장 풀게. 비상 상황 아니니까.

권우재도 감을 잡은 모양이다. 그렇기에 창하부터 안심시켰다.

—오늘 국회 가는 날이지?

"예."

—바쁠 텐데 스케줄이 하나 더 생겼네.

"부산 사건입니까?"

—그건 아직 협조 요청이 오지 않았고… 중국 쪽에서 수사 책임자가 오는 모양이야.

"수사 책임자가 왜요?"

—홍콩 대자보 사건 있잖은가? 그쪽에서 무례하게 굴었으니 수습을 오는 눈치야.

"아, 예……."

부부장 오동티안의 말이 스쳐갔다. 사과의 후속 조치를 취하는 모양이었다.

—그런데 그 사절들이 이 선생도 찾아온다는군. 그것도 경찰청에 들르기도 전에.

"예?"

—그래서 전화를 건 걸세. 출근 좀 서둘러야겠네.

"아침에 온다는 겁니까?"

—점심 무렵 오겠다는 걸 자네 사정을 얘기했지. 오후에 국

회 출석이 있어 그건 어렵다고.

"예⋯⋯."

―조심해서 오게나.

권우재의 전화가 끊겼다. 배달된 아침 죽을 퍼 넣고 차에 올랐다. 세상일은 언제나 이렇다. 예고 없는 돌연사처럼, 스케줄대로만 되는 게 아니었다.

"선생님."

국과수에 들어서자 원빈이 손을 흔들었다.

"시신이 도착했나요?"

차에서 내린 창하가 물었다.

"오는 중이랍니다. 중국에서 누가 온다던데 연락받으셨죠?"

"예."

"부검을 미룰까요?"

"말도 안 되죠. 부검도 망자에게는 진료이자 수술인데 그걸 미룰 수 있나요?"

"하지만 과장님이⋯⋯."

"부검 우선, 도착하는 대로 준비해 주세요."

"예⋯⋯."

원빈이 답했다. 창하의 고집을 아니 더 말해야 소용없을 일이었다.

첫 부검은 수술 중에 사망한 환자였다. 응급실에 실려 온 20대 여자 환자가 있었다. 손발이 무기력하고 경성 마비에 더해 경련 증상을 보였다. 정신착란과 유사한 증세도 있었다. 알츠하이머를 의심한 의료진이 MRI 결과에 따라 수술실에서 머리를 열던 중에 죽었다. 유족들은 당연히 의료과실을 의심했고 병원 측은 불가항력이었다고 맞섰다.

부검복을 입고 대기실로 향했다. 경찰이 가져온 병원 진료 기록부터 살폈다. 사망자의 입원 기간은 하루였다. 종합 진단을 하던 중이었다. 병원 측의 진료 절차는 큰 이상이 없었다. 사망자는 말초신경장애와 중추신경장애를 동시에 보였다. 의료진은 일단 알츠하이머 아니면 중금속 중독을 의심했다. 중금속 검사를 수행하고 MRI를 찍었다. 뇌동맥류가 잡혔다. 사이즈가 심각했으므로 응급수술을 결정한 것이다.

"혹시 집에서 지하수를 쓰나요?"

창하가 보호자에게 물었다. 중금속 때문이었다. 수은이나 납 같은 중금속 중독이 원인이라면 지하수가 유력했다.

"지하수 근처에도 가본 적 없어요."

보호자가 답했다.

"그럼 약수는요?"

"우린 생수만 먹어요."

"건물은 지은 지 얼마나 되었죠?"

"3—4년요?"

보호자는 막힘이 없다. 중금속 따위는 아니라는 인상이 강했다.

"열어보죠."

창하가 일어섰다. 기본 체크는 끝났다. 진료 기록 검토로 나올 진실이라면 부검 의뢰가 오지도 않았을 일이기 때문이었다.

딸깍!

소등, 점등에 이어 부검이 시작되었다. 병원에서 실시한 각종 검사와 처치의 흔적을 확인한 후에 머리를 열었다. 병원에서 이미 열렸던 것이기에 먼저 체크에 나선 것이다. 뇌동맥류가 보였다. 환자가 사망에 이르니 수술을 하지 않은 것이다. 그대로 두면 뇌신경 장애를 유발할 정도의 사이즈였다. 그러나 그것만으로는 사망에 이를 사안은 아니었다.

Y자 절개를 했다. 혈액을 뽑아 중금속 검사를 의뢰했다. 그런 다음 천천히 장기 확인에 들어갔다. 시신은 깡마른 상태였다.

위장에서 확인된 바에 의하면 그녀는 비건이었다. 채소와 과일의 흔적뿐이었다. 그렇다면 당뇨도 아니었다.

위에는 위축성 위염의 증세가 있었다. 암모니아 냄새도 비교적 강했다.

'암모니아……'

창하의 촉이 살짝 일어섰다.

잠시 생각에 잠긴다. 병리의는 원래 의사들의 의사로 불린다. 수술만 봐도 어떤 경로로 갔는지 알 수 있다. 이런 결과를 초래할 수 있는 병들을 하나하나 짚어나갔다.

1) 중금속 중독
2) 뇌동맥류 파열
3) 척수변성증
4) 위축성 위염

기다리는 동안 중금속 결과가 나왔다. 병원에서의 결과와 일치했다. 중금속 문제는 아니었다. 간단하게 1)과 2)가 떨어져 나갔다. 남은 건 3)과 4)이니 척수 확인에 들어갔다.

"……!"

거기서 창하가 쾌재를 불렀다. 척수변성의 징후를 찾은 것이다. 척수후 기둥과 척수외측 기둥의 변성이 뚜렷했다. 이 정도라면 환자가 보였던 증세와 매칭이 될 수 있었다. 다음으로 위축성 위염 조사에 돌입했다. 위축성 위염으로 풍선처럼 얇아진 위의 점막과 함께 위 내용물에서 풍기는 암모니아 냄새. 그렇다면 의심되는 것이 있었다. 헬리코박터균이었다. 이놈은 위에서 암모니아를 만든다. 단서를 잡은 창하가 확인에 들어갔다.

"……."

창하가 움찔 흔들렸다. 시신의 위장에 붉은 꽃이 지천으로 피었다. 헬리코박터균이 바글거린다는 뜻이었다. 혈액검사로 확인하고 조직검사까지 준비했다.

[헬리코박터 양성]
[헬리코박터 47.50U/mL]

검사 결과가 나왔다. 검사 수치는 높았다. 보통 7 이하를 정상으로 본다. 이 정도라면 확실한 감염으로 볼 수 있었다.

이 여자의 사인은 스트레스에 의한 쇼크사였다. 그렇잖아도 건강 문제로 골머리를 앓던 몸이었다. 그런데 뇌동맥류까지 나왔다는 말에 쇼크를 먹은 것이다. 그 충격이 척수변성증과 위축성 위염을 돌발 자극했다. 환자가 감당하지 못할 불안감이 파국을 초래하고 만 것이다.

물론 의료진의 직접 과실은 아니었다. 그러나 중추신경과 말초신경장애 소견을 동시에 보이는 환자의 상태를 고려해 조금 더 신중한 조치를 했더라면 하는 아쉬움은 어쩔 수 없었다.

"선생님."

부검이 마감되자 원빈이 시계를 보았다. 예정 시간을 훌쩍 넘고 있었다.

"왜요? 중국 손님 도착할 시간인가요?"

창하가 물었다. 부검에 집중하다 보니 시간관념을 놓친 것이다.

"아니… 이미 도착해 있답니다."

"……?"

"가보세요. 정리는 저희가 하겠습니다."

"그러죠."

원빈의 권유를 받아들였다. 서둘러 샤워를 하고 나와 평상복으로 갈아입었다.

"……!"

소장실에 들어서던 창하가 고개를 들었다. 소장 옆에 앉아 있는 두 명의 중국인들. 그중 하나가 바로 오동티안이었다.

"이 선생님."

그가 일어나 창하에게 다가왔다. 창하 손을 잡더니 가볍게 당겨 포옹을 한다.

"오신 지 오래된 겁니까?"

창하가 권우재를 바라보았다.

"30분 좀 넘었네. 내가 자네 데려오겠다고 했더니 방해하고 싶지 않다고 하셔서 말이야."

"이 선생님 뵈려고 날아왔는데 잠깐 기다리는 게 대수겠습니까?"

오동티안은 흔쾌했다. 중국 정부의 유감 표명이 나왔으니 굳이 한국에 올 필요는 없었다. 그럼에도 국과수를 찾아와 준 건 창하에 대한 그의 생각이 각별하다는 의미였다. 소장, 과장과 함께 환담을 하고 국과수를 안내했다. 두 번째 부검에는 그를 참관시키기도 했다.

이 시신은 혼자 사는 할머니였다. 외표에 특별한 손상은 없었다. 그러나 경직 반응이 제법 강했다. 사후 경직은 몸의 상체에서 하체로 진행한다. 강한 경직은 부검의들에게도 곤혹스럽다. 덩치가 좋은 부검의라고 해도 발꿈치 관절 하나 펼 수 없는 것이다. 이런 까닭에 시신이 뭔가를 움켜쥐고 있으면 단서가 되기도 한다. 그야말로 '죽어도' 놓지 않기 때문이었다.

경직은 사후 하루 정도 진행된다. 그러다 3—4일 정도 지나면 풀리기 시작한다. 이 또한 온도, 나이, 근육량에 따른 개별적 차이가 많다.

[41℃]

무엇보다 구급대원이 기록한 체온이 인상적이었다. 발견 당시 할머니는 이미 사망. 그럼에도 체온이 높은 것이다. 이런 경우라면 대개 각성제 과다 복용이나 열사병 등을 의심한다. 할머니는 열사병 쪽이었다.

이 할머니는 허름한 컨테이너에서 살았다. 여름이면 덥고 겨울이면 추웠다. 주민센터에서 복지 혜택을 주어 작은 연립주택의 방 하나를 알선해 주었다. 이게 문제였다. 고령의 할머니는 보일러를 쓸 줄 몰랐다. 눌러서 불이 들어오면 된다고 하니 마냥 눌러놓은 것이다.

바람이 싫어 창을 닫았으니 방은 자꾸 더워졌다. 보일러를 꺼야 하는데 그걸 할 줄 몰랐다. 사람을 경계하는 할머니는 이웃에 도움을 청하지 않았다. 좀 돌아가다 말려니 하고 잠이 들었다. 구급대원들이 이웃의 신고로 도착했을 때 방 안 온도는 50도를 넘고 있었다.

일단 절개를 했다. 시신의 정황은 하나의 단서에 불과하다. 부검을 하는 한, 모든 가능성을 다 열어놔야 하는 것이다. 장기 조직을 현미경에 넣으니 근육세포의 변성이 보였다.

'횡문근융해증……'

사인이 나왔다. 근육을 만드는 골격근세포가 열에 의해 녹았고 그 성분이 혈액으로 흘러간 것이 증명된 것이다. 사인은 열사병이었다. 그러나 진짜 사인은 초고령화 사회와 핵가족화였다. 할머니가 누군가와 함께 살았다면 당연히 죽지 않았을 것이다.

어느새 중국도 고령화 사회로 접어들었다. 그렇기에 오동티안도 착잡한 표정을 지었다. 한국에서 일어나는 이 현상들은 머잖아 중국이 직면할 그 현상이었다.

"중국에 오면 꼭 연락해 주셔야합니다."

부검이 끝나자 오동티안은 경찰청으로 떠났다. 창하도 국회로 떠날 시간이었다.

"국과수 이창하 검시관입니다."

행정안전위원장의 소개에 이어 창하가 일어섰다. 22명 재적 인원 중에서 19명이 참석한 국회의사당 자리였다. 공식적으로는 미국 대량 재난의 대처에 대한 창하의 경험을 듣기 위한 초청. 그렇기에 여야 의원들은 박수로 창하를 맞았다.

박수가 끝나자 창하가 허드슨강의 참상 경험을 들려주었다. 지구촌 대량 재난은 아무런 예고가 없다. 그러나 지구온난화 등으로 발생 확률은 더 높아졌다. 때로는 초강력 태풍이, 절망의 쓰나미가, 지진이… 심지어는 대형 산불과 비행기 추락, 테러까지도 대량 재난이 될 수 있었다.

의원들 중에 백우선과 노재명이 보였다. 민지당의 노수찬도 자리를 함께했다. 창하가 발언하는 동안 미국 측이 제공한 영상도 함께 나왔다. 불철주야 분투하는 창하와 원빈, 광배가 보였다. 어마어마한 시신의 바다도 보였다. 그 참상 속에서 몸을 사리지 않고 헌신하는 창하의 모습은 국회의원들에게도 커다란 귀감이 되었다.

그러나 단 한 사람, 김형승 의원만은 무뚝뚝한 표정이었다. 창하가 알기로는 중량급 재선이다. 처음부터 끝까지 그는 까칠한 태도였다.

"이거 우리가 박수 한번 보내줘야 하는 거 아닙니까?"

그의 곁에 있던 노수찬이 바람을 잡았다. 열아홉 의원들이 뜨거운 박수를 보내주었다. 김형승의 것만은 여전히 형식적이었다.

"대량 재난에 있어 국과수의 중요성을 새삼 알 것 같군요. 게다가 미국 테러 현장을 지원한 건 전 세계에서 이 선생, 단한 명이었다고요?"

위원장이 물었다.

"예."

"그건 곧 미국에서 이 선생의 법의학 실력을 인정한다는 뜻이겠지요?"

"그보다는 너무 많은 지원자들로 야기될 현장 혼란을 막으려는 뜻으로 받아들이면 좋을 것 같습니다. 테러는 전쟁과 같아 일사불란한 대응이 필요하니까요."

"겸손하시군요. 우리도 관련 보도를 봤는데 미국 측에서도 인정하는 실력이었습니다."

"한국을 대표해 그 자리에서 헌신할 수 있었던 것은 영광으로 생각합니다."

"정부에서 훈장 수여를 결정했지요?"

"그렇게 들었습니다."

"그다음 일정을 보니 테러 수습 후에 미국과 캐나다, 영국 등지에서 법의학을 견학한 것 같은데 선진 국가의 수사 시스템은 어떻던가요?"

몇 마디 주고받던 위원장이 멍석을 깔아주었다. 테러 현장 지휘에 이어 자연스럽게 소견 발표의 기회를 주었다. 그걸 놓칠 창하가 아니었다.

"세계적으로 법의학의 범주는 점점 확장되고 첨예화되고 있습니다. 제가 법의학 선진국으로 불리는 국가들을 돌아본 결과 앞으로는 법의학도 주요 국가경쟁력의 하나가 될 수 있다고 확신하게 되었습니다."

"국가경쟁력?"

"법의학이?"

의원들이 술렁거렸다. 잠시 반응을 체크한 창하가 발표를 이어나갔다.

"영국은 현재 과학수사로 얻어낸 빅데이터와 인공지능을 이용하는 시스템을 개발 중이고 미국 역시 유사한 프로그램을 개발에 더해 드론 로봇까지 응용하며 범죄 척결에 박차를 가하고 있습니다. 나아가 중국과 일본 등지에서도 범죄 예상 분석과 예측 분석 기반 마련에 총력을 경주하고 있습니다. 이것들 외에도 유전자 검사라든가 유전병의 분석, 기타 각종 보험과 직결되는 질환과 사고에 대한 수요가 폭발적이라 인력과 장비는 날로 확장 일로에 있습니다. 이는 또한 사회적 비용의 절감과 함께 사적 분쟁 종식에도 폭넓게 기여합니다. 현재 영국에서만 해도 법과학공사가 천문학적인 매출을 올리고 있는 바, 향후 중국이 1만 5천 불 시대에 접어들고 인도의 생활수준이 향상되면 법의학 관련 수요는 기하급수적으로 늘 것으로 판단하고 있습니다. 한국의 법의학 역시 이 기회에서 처지지 않고 치고 나가야 합니다. 필생의 투자로 세계 최고를 선도

하고 있는 반도체처럼 말입니다. 그런 측면에서 의원님들의 애정과 함께 국회와 정부 차원의 관심이 필요한 때라고 생각합니다."

"……."

창하의 열변에 의원들은 숨을 죽였다.

법의학, 사실 그들은 큰 관심이 없었다. 그들의 관심은 치안과 국가안보의 안전일 뿐이었다. 그러나 창하의 발언은 결국 치안에 더해 경제발전에 일익을 담당할 수 있는 해법까지 내놓고 있었다.

이미 중국과 일본에서 미궁 살인 해결로 큰 족적을 남긴 창하. 이번에는 법의학 선진국이자 세계 최고의 수사 강국 미국에서 맹활약을 하고 왔으니 허무맹랑한 청사진만도 아니었다.

"지금 그 말은 국과수의 기업화를 뜻하는 겁니까?"

다시 백우선의 지원사격이 나왔다. 본질을 슬쩍 짚어준 것이다.

"법의학도 하나의 의학으로 보자는 뜻입니다. 그렇게 생각하면 서비스 영역은 무한정 늘어날 테니까요."

"현재 우리 국과수의 수준이 반도체 시장에 올인 하던 때처럼 경쟁력이 있다는 겁니까?"

경쟁력 질문이 들어왔다.

어떻게 답할까?

궁리하던 창하 머리에 시원한 그림이 그려졌다.

"그 답변을 드리기 전에 아까 제가 발언하는 동안 배경으로 나오던 영상 재생을 요청합니다."

"요청대로 해주세요."

위원장이 콜을 받았다.

창하 뒤로 미국 테러 현장에서 헌신하는 창하의 영상들이 재생되었다. 뉴욕검시센터 부검실에서 난해한 부검을 하는 장면도 이어졌다. 법정 증언으로 사건을 주도하는 모습도 나오고 기립 박수를 받는 모습도 나왔다.

"방금 보신 장면들은 미국 현장의 모습입니다. 한국의 법의학이 세계적으로 어떤 수준이냐? 그 답변은 이 영상으로 대신하겠습니다. 분명하게 말씀드릴 것은 한국의 법의학이 반도체가 그랬던 것처럼 세계의 법의학을 선도할 준비가 되었다는 사실입니다."

창하가 잘라 말했다.

의원들은 누구 하나 토를 달지 못했다. 영상이 답이었다. 전 세계의 법의학 전문가 중에서 허용된 단 한 사람. 대한민국의 이름으로 혼란의 테러 현장을 지휘한 발군의 능력자. 논란이 일던 사건을 부검 하나로 정리해 버린 초유의 실력. 그것들도 전부 미국 현지에서 보내준 화면이었으니 조작의 우려조차 없었던 것이다.

짝짝!

이번 박수의 시작은 노수찬 의원이었다. 그가 치니 그의 당

소속 의원들이 뒤를 따랐고 백우선이 가세하니 그쪽 당도 박수를 보태주었다.

짝짝짝!

뜨거운 박수처럼 창하의 국회 발언은 대성공이었다.

제10장

—

기적의 시랍

"수고했어요."

상임위 회의가 끝나자 백우선과 노수찬이 다가와 격려를 해주었다.

"고맙습니다."

"의원들 반응도 호의적이더군요. 이로써 이 선생이 생각하는 법과학공사 설립의 가능성은 훌쩍 높아진 셈입니다."

"하지만……."

창하의 시선이 김형승에게 돌아갔다. 그는 여전히 무뚝뚝한 표정으로 회의장을 나가고 있었다.

"김형승 의원 말이오?"

노수찬이 물었다.

"예… 유독 관심이 없으신 것 같아서……."

"강골이지. 저 친구가 소장파들 리더라서 지지를 받으면 좋기는 할 텐데 경찰 수사에 대해 좀 부정적이라오. 하지만 세상에 모두를 만족시킬 수 있는 법은 없는 법이지."

"하지만 고작 열아홉 분이십니다."

"마음에 걸리면 가서 인사나 나눠두시오. 기회는 나중에 또 있을 테니."

"그렇게 하겠습니다."

창하가 돌아섰다.

"의원님."

주차장으로 가는 김형승을 불렀다. 보좌관과 함께 걸어가던 그가 우묵하게 돌아보았다.

"나한테 할 말이 있습니까?"

"예."

창하가 다가섰다.

"나는 할 말이 없는데?"

"아무래도 제가 발언 도중에 실수라도 한 것 같아서요."

"그런 건 없었소."

김형승이 차갑게 돌아섰다. 거의 외면 수준이었다.

"그렇다면 혹시… 법의학에 대해 개인적으로 좋지 않은 경험이 있으신지요?"

창하가 돌직구를 날렸다. 만장일치의 지지를 원하는 게 아니었다. 하지만 마음에 거슬리는 건 짚고 가고 싶었다.

부검도 그랬다. 열 개의 명명백백한 손상보다 감춰진 하나의 손상이 중요할 때가 있었다.

혹시라도 그가 법의학에 대해 나쁜 선입견을 가지고 있다면 풀어주고 싶었다.

상임위에서의 발언보다도 중요한 일이었다. 부검은 입이 아니라 실전으로 증명하는 것이기에.

"있으면 어쩌시게요?"

그가 돌아섰다. 그 입에 핀 엷은 미소는 분명 냉소였다.

'진짜 있군. 나쁜 경험……'

창하의 촉이 짜릿하게 반응을 했다.

"제가 좀 들을 수 있을까요? 혹 아직 해결되지 않은 앙금이라도 있다면 해소할 수 있는 방안을 알아볼 수 있습니다."

"당신이 신이오? 아까 보니 제법 그런 듯 착각을 하는 것처럼 보이던데?"

"제가 어떻게 신이겠습니까? 저는 사망의 이유를 찾아내는 검시관에 불과합니다."

"세상에는 원인을 알 수 없는 죽음도 많습니다."

"그런 건 아닙니다. 단지 검시관의 능력이 부족할 뿐."

"당신이라면 가능하다?"

"부검의는 의사입니다. 주검의 원인을 찾아내는… 세상에는 명의가 많지만 사실 나하고 궁합이 맞는 명의가 따로 있기도 하지요. 그렇기에 제가 모르는 걸 다른 부검의가 알 수도 있고 그 반대일 수도 있습니다."

"포용적이시군."

"오늘은 의원님 기분이 편치 않으신가 본데 법의학에 관련된 문제가 있으면 나중에라도 연락을 주십시오. 작은 도움이라도 되면 영광이겠습니다."

창하는 예의를 갖추고 돌아섰다.

심리전이었다. 상대는 법의학을 대놓고 무시하는 사람이다. 오래 껄떡거리며 달라붙으면 비천하게 보인다. 그렇기에 떡밥만 던져놓는 창하였다.

"이창하 검시관."

돌아서는 창하를 그가 불렀다. 걸음을 멈추고 아주 천천히 돌아보았다.

"그렇게 자신이 있소?"

그가 물었다.

"법의학은 자신감이 아닙니다. 그보다는 간절함이죠. 아무런 통보도 이유도 없이 목숨을 놓은 사람들. 그 느닷없는 주검에 애절한 가족들에게 사연을 들려줄 뿐입니다. 이분은 이런 이유로 죽었다."

"간절함이라……"

"……"

"석 보좌관, 행안부 설명회가 얼마나 남았지?"

그가 보좌관에게 물었다.

"30분 정도 여유가 있습니다."

"따라오시오."

시간 계산을 끝낸 그가 방향을 돌렸다. 국회의사당 안에 있는 의원실이었다.

"우리 선친이시오."

그가 사진 한 장을 꺼내놓았다. 백발이 성성하지만 건강해 보이는 얼굴이었다.

"돌아가신 지 5년 가까이 되었습니다."

김형승이 말문을 열었다. 창하는 대꾸하지 않았다. 겨우 열린 입을 막을 필요가 없기 때문이었다.

"일반적으로 사람은 어떻게 죽습니까?"

그의 질문이 날아왔다.

"세 가지로 죽습니다."

"세 가지?"

"병들거나, 다치거나, 혹은 돌연사거나······."

"돌연사라······."

"······."

"돌연사에는 무엇 무엇이 있습니까?"

"굉장히 많은 경우가 있지요. 흔하게는 관상동맥을 시작으로 점액종성변성이나 죽상경화반, 흉선림프체질, 약제나 마취에 과민하게 반응하는 알레르기체질에 영아돌연사까지 말입니다."

"복상사는 어떻습니까?"

느닷없는 단어가 나온다. 어쩌면 그의 부친이 복상사라도 한 걸까?

"그것도 돌연사의 한 원인이죠."

"고혈압도 없고 심장이 튼튼한 경우에도 말입니까?"

"그렇다면 가능성은 뚝 떨어지겠습니다만 부검은 시신을 봐야만 진단이 나오는 진료입니다."

"좋습니다. 백우선 의원님과 노재명 의원께서 당신 칭찬을 많이 하더군요. 그것은 곧 신뢰를 아는 사람이라는 뜻일 테니 믿고 말해보겠소."

"……"

"내가 제주에서 재선에 성공한 지 얼마 후였어요. 지역 현안 사업을 추진 중인 기업들로부터 선친에게 청탁이 들어오기 시작했지요. 강직한 선친께서는 제게 누를 끼치지 않으려고 집을 비우고 뭍으로 유람에 나서셨습니다. 초선 때처럼 몇 달 지나면 잠잠해지리라 생각하셨던 겁니다. 그런데 그게 그분의 마지막 여정이 되고 말았습니다."

"……"

"내륙 여행 나흘째였어요. 이른 아침에 제 전화가 울렸는데……"

—경찰서입니다. 김광범 씨가 모텔에서 사망했습니다.

　그 아침에 날아든 날벼락이었다. 전날까지도 선친과 통화를 했던 김형승. 다급히 지리산으로 날아갔다.

　"의원님."

　김형승의 신분을 알게 된 서장이 직접 설명에 나섰다.

　"수사 기록입니다."

　그가 내민 보고서를 보는 순간 김형승의 표정이 굳어버렸다.

　선친은 자정 이전에 여자와 함께 투숙을 했다. 여자는 두어 시간 후에 먼저 나갔다.

　이른 아침, 모텔 종업원이 전화를 걸었다. 일출을 보겠다고 모닝콜을 부탁했던 것이다.

　전화가 되지 않았다. 종업원이 직접 가서 문을 두드렸다. 김광범은 이미 시신이었다.

　경찰은 여자를 찾아내 조사를 했다. 여자는 안면이 없는 사람이었다. 여행지에서 만났다. 모텔 안에서 사는 얘기를 했을 뿐 성관계 같은 것은 없었다고 주장했다.

　실제로 김형승의 선친은 도난품도 없었고 가해를 당한 흔적도 없었다.

　"이런 말씀은 너무 조심스럽지만……."

―복상사.

서장이 말줄임표 뒤에 숨긴 단어였다.

"말도 안 돼. 우리 아버지는 그런 분이 아닙니다."

김형승은 부정했다.

홀로된 아버지가 여자관계를 한다고 비난할 생각은 없었다. 그러나 아버지는 아무 여자나 꼬드겨서 욕심을 채울 사람이 아니었다.

"검시 결과도 그쪽으로……."

서장은 여전히 조심스러웠다. 선친은 건강했던 사람이었다. 당뇨는 물론 고혈압도 없었다. 섭생도 좋아 술도 한두 잔이 고작이었고 육식보다 채식을 즐겨했다. 그러니 갑작스레 죽을 이유가 없었다.

어쨌거나 김형승은 국회의원. 자신의 입지가 있으니 조용히 받아들일 수밖에 없었다. 부검까지 하면서 요란을 떨면 자신에게 마이너스가 되고 정적들에게도 빌미가 되기 때문이었다.

"어떻게 생각합니까?"

사연을 털어놓은 김형승이 물었다.

"검시만 하고 부검은 하지 않으셨군요?"

"그렇소. 경찰에서 타살의 정황은 없다고 하니……."

"부친께서 평소에 건강하셨다고요?"

"그렇소. 나보다도 강골이었습니다."

"아까 말씀드렸지만 갑작스러운 주검에는 돌연사라는 게 있습니다. 그 원인도 세기 어려울 정도라 친구와 멱살을 잡고 흔들다 죽은 사람이 있는가 하면 뺨 한 대 맞고 죽는 사람도 있지요."

"여자가 아버지를 죽였을 가능성은 어떻습니까?"

"검시에서 타살의 흔적은 없다고 했으니 부친을 죽였다면 약물뿐입니다."

"약물……."

"하지만 도난품이 없었다니 그것도 가능성이 낮습니다. 생면부지로 만난 사이에 이유도 없이 사람을 죽이겠습니까?"

"……."

"다른 쪽으로 생각해 보시죠. 부친의 일상을 떠올려 보세요. 아주 작은 이상이라도 좋습니다."

"작은 이상이라면 신경통에 겨울이 오면 피부소양증 정도? 아, 그러고 보니 꽃가루알레르기는 좀 있었습니다. 꽃을 보면 가끔 콧물에 재채기로 고생을 했었거든요."

"그렇다면 과민성쇼크의 가능성을 생각해 볼 수도 있겠습니다."

"과민성 쇼크?"

"자세한 건 부검을 해봐야만 압니다. 이런 식의 추론은 먼

거리에 환자를 두고 증세만 전해 듣고서 진단하는 것과 다르지 않습니다."

"그게 가능하겠습니까? 만 4년 하고도 몇 달이 지났는데?"

"화장을 하셨습니까?"

"아뇨. 매장입니다."

"깊이 묻으셨나요, 얕게 묻으셨나요?"

"깊이 3m 정도 판 것으로 기억합니다만."

3m.

창하 귀가 활짝 열렸다.

"그렇다면 가능할 것 같습니다."

"……!"

김형승의 미간은 빠르게 좁혀졌다. 잠시 숙고한 그가 마침내 창하에게 손을 내밀었다.

"그럼 이 선생이 한번 봐주시겠습니까?"

휴일 이른 오전, 창하는 제주도에 내렸다. 의대생 때 심포지엄 후로 처음이었다.

그새 많이도 변했다. 가장 실감나는 건 중국풍이었다. 중국 사람도 많고 중국 문자도 보였다. 그때는 중국이라고는 찾아볼 수도 없었다. 상전벽해라는 건 제주도를 두고 하는 말 같았다.

"식사는 하셨습니까?"

차로 이동하며 김형승이 물었다. 그가 몸소 운전하는 세단이었다.

"예."

"수고를 끼치게 해서 미안합니다."

"부검의의 보람이지요. 미력하나마 의원님 마음에 남은 멍울이 해소될 수 있으면 좋겠습니다."

"제 바람도 그렇습니다."

작은 고개를 넘어 김형승의 선영에 닿았다. 고개를 올라가니 시원하게 펼쳐진 구릉이 보였다. 그의 선친 묘는 거기 있었다. 관은 이미 땅에서 나와 있었다. 그가 은밀하게 조치를 한 모양이었다.

"오셨습니까?"

현장을 지휘하던 석 보좌관이 인사를 해왔다.

"어떻게 할까요?"

보좌관이 창하에게 묻는다.

부검할 시신은 관 속에 들었다.

법의학에 있어 무덤을 열고 부검하는 경우는 많았다. 시신은 국과수나 대학병원 부검실로 가져간다. 하지만 그건 공식적인 부검의 경우였다. 김형승은 그걸 원치 않았다. 창하에게 개인적으로 부탁을 한 것이다. 말하자면 이건 비공식 부검이었다.

창하가 무덤을 바라보았다. 김형승의 말처럼 약 3m 정도의 깊이였다. 3m가 희망적인 건 시랍화 때문이었다. 시랍은 시신에게 기묘한 영속성을 부여한다. 운이 좋다면 수년이 경과한 시신도 흡사 며칠 전에 사망한 것처럼 잘 보존될 수 있다. 그 첫 번째 전제가 바로 지하 2—3m였다.

시랍에는 저온과 함께 낮은 밀도의 공기가 필요하다. 그렇게 되면 피부 밑의 지방조직이 양초의 밀랍처럼 화학변화를 일으킨다.

비단 매장의 경우에만 가능한 것도 아니다. 때로는 호수나 강바닥에 가라앉은 시신에서도 시랍은 가능해진다.

시랍에 의한 시신의 외표가 깨끗한 건 부패가 진행되지 않은 까닭이다. 이는 미라와 닮았다.

신기한 건 주변 환경에 따라 외표가 부드럽고 말랑할 수도 있다는 것이다. 이런 시신은, 대충 보면 창백한 상태로 잠든 사람처럼 보이기도 한다.

끼이이!

긴 세월 동안 잠자던 관 뚜껑이 열렸다.

"……!"

먼저 확인한 김형승이 소스라치는 게 보였다. 창하가 기대하던 시랍화 때문이었다. 창하도 시신을 보았다.

'OK.'

창하 눈이 밝아진다. 그의 선친은 회색빛이 도는 하얀 밀랍으로 변해 있었다.

정말이지 며칠 전에 죽은 사람처럼 생생한 모습이었다.

                    *   *   *

"이 선생님."

그가 창하를 돌아보았다. 목소리가 떨고 있다. 뜻밖의 상황에 많이 놀란 모양이었다.

"시랍화입니다. 관이 들어간 깊이가 2—3m라서 부패가 되지 않고 밀랍화 된 것입니다. 어쩌면……."

시신을 바라보던 창하가 남은 말을 이어놓았다.

"의원님께서 다시 꺼내주시길 바라신 건지도……."

"당신을 데려와 사인을 밝혀달라고요?"

"……."

"문득 그럴 수도 있다는 생각이 드네요. 사실 여길 팔 때 처음에는 1미터 정도 파고 묻을 생각이었습니다. 그런데 거기 돌이 앉아 있었어요. 그걸 꺼내다 보니 3미터가 된 거죠."

그의 선친이 관 밖으로 나왔다.

부검은 그 자리에서 진행했다. 현장 진행 부검이다. 요즘이야 거의 일어나지 않지만 피경철이 처음 들어왔을 때만 해도 드물지 않았다고 한다. 그의 경험담이 창하에게 살이 되는 순간이 온 것이다.

시랍이 고마웠다. 공기가 별로 접촉하지 않은 매장 환경 덕

분에 부패가 일어나지 않았다. 시신의 보존 상태는 거의 완벽
했다.

일단 외표부터 살폈다. 외표에는 작은 상처 하나 없었다.
동숙한 여자가 외압을 행사하지 않았다는 증거였다. Y자 절
개를 실시했다. 피하조직과 근육도 거의 흰색이었다. 그러나
제법 말랑했으니 부검도 일사천리로 진행되었다.

'울혈······.'

장기에서 특이 소견을 찾아냈다. 점막 부위나 장막하에 일
혈점도 있었다. 비점막과 후두점막에는 수종의 소견도 나왔
고 폐에도 기종이 심해 보였다.

독극물 검사를 위해 위 조직을 잘라냈다. 그런 다음 굳은
혈액도 일부 채취했다.

"사인을 알 수 있겠습니까?"

창하가 시신을 수습하자 김형승이 물었다.

"급사의 소견은 맞는데 두 가지를 짚어봐야 할 것 같습니
다."

"두 가지?"

"첫째는 독극물입니다. 비점막과 후두점막의 수종으로 보
아 특정 물질에 의한 중독사로도 볼 수 있고··· 또 다른 하나
는 과민성 쇼크 쪽인데······."

"······?"

"죄송하지만 제가 독극물 검사를 하는 동안에 부친께서 사

망한 모텔에 몇 가지 확인 좀 해줄 수 있겠습니까?"

"확인이라면?"

"혹 부친께서 묵은 객실에 특별한 화초 같은 게 있었는지 말입니다."

"화초 때문에 죽기도 한단 말입니까?"

"예."

"이 선생님."

"이건 일본 이야기지만 과거 야쿠자 두목이 객실에서 자다 죽은 적이 있지요. 당일 축하 선물로 화분이 엄청나게 들어왔는데 밀폐된 방이다 보니 식물들이 내뿜은 이산화탄소 때문에 죽었습니다. 거기에 알레르기까지 있다면 치명적일 수 있죠. 왜냐면 알레르기 증상은 주로 밤이나 새벽에 잘 나타나거든요."

"알아보죠."

김형승이 답했다.

서울로 올라온 창하는 샘플들에 대해 독극물 검사를 진행했다.

독극물은 나오지 않았다. 그렇다면 남은 건 돌연사였다. 여러 정황상 알레르기 쇼크가 사인으로 가까워졌다.

늦은 오후, 국과수가 가까운 카페에서 김형승을 만났다. 그는 진한 선글라스를 쓴 채 조용히 들어섰다.

"검사 결과 나왔습니까? 우리 비서관이 알아보았는데 당시 내실에 꽃 같은 건 없었답니다."

김형승이 말했다.

"없었다고요?"

창하의 오감이 격하게 반응했다. 독극물이나 중독사는 물 건너 간 일. 이렇게 되면 김형승이 얻을 게 없었다.

"그게 확실한 겁니까?"

"그렇습니다. 이 선생님 검사는요?"

"독극물은 나오지 않았습니다."

"그럼 역시 사인은……."

복상사?

김형승의 얼굴에 실망감이 스쳐갔다. 큰마음 먹고 무덤을 판 그였다. 소득이 없으니 망연하지 않을 수 없었다.

"잠깐만요."

맥없이 나가는 김형승을 불러 세웠다.

"꽃이 없다면 다른 것도 없습니까? 예를 들면 바닥에 까는 요나, 화분의 흙, 그도 아니면 베갯속, 혹은 참나무나 자작나무, 뽕나무, 물푸레나무 등도 알레르기를 일으키거든요. 그러니 바닥이나 벽에 그런 소재를 썼다면……."

"이 선생님."

"부탁합니다. 사인은 아주 사소한 데서 비롯될 수도 있습니다."

"모텔 주인 전화번호 있지? 한 번 더 체크해 드리시게."

김형승이 보좌관을 바라보았다. 호의가 아니라 창하의 미련
에 대한 확인 사살 쪽이었다.

"여보세요."

보좌관이 핸드폰을 걸었다.

"다른 건 없고 베갯속에는 있다고 합니다."

"그게 뭔지 좀 물어봐 주십시오."

"국화 말린 거라고……."

'국화?'

창하가 국과수로 뛰었다. 알레르기 분석실이었다.

특정 물질에 대한 알레르기는 피부반응검사나 혈액 검사로
알 수 있다.

알레르기 물질인 알레르겐이 증명되면 그 물질에 대한 알레
르기가 입증되는 것이다.

즉시 알레르겐 테스트가 실시되었다. 샘플이 남았던 것이
다.

[국화 알레르겐 양성]

'빙고!'

결과를 받아 든 창하가 쾌재를 불렀다.

"부친의 사인은 알레르기 과민성 쇼크사가 맞습니다."

검사 결과지와 함께 돌아온 창하가 사인을 통보했다.

"알레르기 쇼크사?"

결과를 확인한 김형승의 어깨가 파르르 떨었다.

"주무시다가 사망한 겁니다. 비점막과 후두의 수종, 폐의 기종이 증거입니다. 그런 현상들은 중독사 아니면 알레르기 쇼크사에서 나오는 것들이거든요. 아시다시피 독극물은 검출되지 않았습니다."

"그러니까 우리 아버님이 복상사가 아니라 알레르기 때문에……?"

"예."

"아아, 이제 생각이 납니다. 내가 첫 당선이 되어 지인을 찾아갔을 때 국화전이 나오자 기침을 쏟으며 손을 대지 않은 적이 있습니다."

"어쩌면 그 이전부터 그러셨을 겁니다. 다만 과묵하신 성격이면 가족들에게 말씀하지 않았을 뿐이겠지요."

"맞습니다. 어릴 때 제가 국화 화분을 사 오자 바꿔 오라고 하신 적도……."

"……."

"나를 위해 뭍으로 나갔다가 객사한 것도 모르고 복상사 따위를 의심하며 부끄럽게 생각했으니……."

결과지를 품은 김형승이 오열을 했다.

지지자 김형승.

창하 수첩에 또 한 명의 이름이 올라갔다.

오랜만에 국과수가 시끌벅적하게 변했다. 의대생들의 부검 참관 때문이었다. 가랑비가 멈춘 시각, S대와 U대에 재학 중인 의대생 60여 명이 국과수에 내린 것이다. 부검 과정과 참관에 대한 사전 교육은 길관민이 맡아주었다.

의대생들의 부검 참관은 부검에 대한 인식 개선의 일환이었다. 피경철의 적극적인 지원도 있었다. 그렇기에 여느 참관처럼 단순한 참관이 아니라 체험형으로 진행했다. 다만 보호자의 허락이 문제였다. 다행히 이 시신은 무연고자라 그런 절차가 필요치 않았다. 부검은 당연히 창하가 맡았다.

"60여 명이라니 좀 떨리는데요?"

부검복을 입으며 원빈이 너스레를 떨었다. 그도 이제는 백전노장이다. 의대생들이 온다고 떨 리 없었다.

"으음, 그럼 우 선생, 우황청심환이나 강심제 먹고 시작하지? 아니면 빠지거나."

광배가 슬쩍 염장을 지른다.

"됐거든요. 제가 왜 빠져요? 허드슨강 테러 현장도 누볐는데……."

원빈 목에 힘이 들어갔다. 미국에서의 경험은 이제 그의 프라이드가 되고 있었다.

"……."

창하가 피경철과 함께 들어섰다. 의대생 일동은 숨을 죽였다. 모두가 부검복 차림이다. 부검 절차 등에 대해서는 이미 교육을 했기에 바로 부검에 임했다.

"부검 시작합니다."

창하의 선언이 떨어졌다. 원빈이 실내등 스위치를 내렸다.

"모두 참관을 허락한 고인에 대해 묵념."

다른 날과 다른 건 이것뿐이었다.

창하에게는 일상이지만 부검은 언제나 엄숙하고 숭고해야 하는 것. 그렇기에 교육의 한 과정으로 승화시키는 창하였다.

부검대의 시신은 26살의 청년이다.

온라인 게임을 하다가 시비가 붙었고 소위 '현피'를 뜨기 위해 상대를 만나러 갔다가 칼을 맞았다. 그 상대가 하필이면 폭력배의 일원이었다.

얼굴의 찰과상을 제외하고는 비교적 손상이 없었다. 그러나 등 쪽은 피로 젖었다. 보이지 않는 곳에 중대한 손상을 입었다는 뜻이었다.

창하가 시신에 손을 가져갔다.

의대생들이 긴장하기 시작했다. 시신은 목과 손가락 등이 팽팽해진 상태였다. 온기도 조금 남은 것 같으니 사망한 지 5시간 안쪽이었다.

의복을 그냥 둔 채 보이는 대로 기록을 시작했다. 옷과 신발, 심지어는 속옷의 상황도 빠짐없이 적었다. 그런 다음 증거물 봉투에 넣고 라벨을 붙였다. 검시와 부검을 결합한 방법이었다.

그 과정이 끝나자 원빈이 옷을 벗겼다.

"우!"

학생들이 낮은 신음을 냈다. 옷에 숨겨진 손상이 드러난 것이다. 복부의 손상이 네 군데였고 등의 손상이 둘이었다. 복부는 심하지 않지만 등으로 들어온 손상이 치명타였다.

"이 상처가 열상입니다."

창하가 얼굴 왼쪽을 가리키며 말을 이었다.

"손상으로 보아 도로의 경계석인 연석에 충돌한 것 같습니다. 이처럼 주변의 연석조차 사람이 쓰러지거나 상대방에 의해 거기에 짓이겨질 때면 엄청난 무기로 돌변하기도 합니다."

"……."

학생들이 숨을 죽인다.

"여기 보면 점상출혈이 보이는데 도로 표면에 피부가 쓸리면서 생긴 손상입니다. 미끄러지면서 쓰러졌을 수도, 상대가 도로 바닥에서 끌고 갔을 수도 있다는 예측이 가능합니다."

"……."

"다음으로 타박상인데, 모든 사람의 멍은 같은 조건일까요?"

창하가 첫 질문을 던졌다.

"다릅니다. 어린아이들은 회복력이 뛰어나므로 노인들에 비해 멍이 덜 듭니다."

앞줄의 여학생이 손을 들었다.

"정확합니다. 멍에 대해 아는 대로 설명해 보시겠습니까?"

"부검에 있어서 멍에 대한 판단은 신중해야 한다고 배웠습니다. 혈액은 분해가 되는 동시에 중력의 영향도 받기 때문입니다."

"계속하세요."

"멍의 색은 변화하는데 원리는 혈관 밖으로 나온 혈액에 대해 인체가 분해하려는 시스템으로 움직이기 때문입니다."

"맞습니다. 멍은 중요한 단서지만 여러 가지 복합적 요인이 있기 때문에 아직 신뢰할 만한 이론이 나오지 않았습니다. 여러분 중의 누군가가 그런 공식을 만들어주면 좋겠지요."

짧은 토의 후에 부검을 이어갔다. 내부 장기를 규정대로 분리해 절개하고 척주와 늑골의 골절도 다시 한번 체크했다.

이 시신의 사망원인은 흉부로 들어온 칼이었다. 손상은 끝으로 갈수록 날카로웠다.

칼은 5번—6번 늑골 사이로 들어와 폐동맥을 찔렀다. 그렇기에 왼쪽 흉곽에는 응고된 피가 1L 이상 차 있었다. 그걸 퍼내고 다른 손상을 확인한다.

퍼내는 도구는 국자지만 마음만은 성자의 그것과 다르지 않았다.

"등으로 들어와 폐동맥을 찌른 자상입니다. 외부 상처와 내부 상처의 격차가 이렇게 크다면 어떤 상황을 생각할 수 있을까요?"

창하가 다시 질문을 날렸다. 상황이 조금 어렵다. 그렇기에 지켜보는 피경철도 흥미로운 표정이었다.

"……."

이번에는 답이 나오지 않았다.

"늑골로 들어간 칼이 폐동맥까지 순항할 수 있다면 그건 공격을 당하는 순간에 왼쪽 팔을 든 상태를 뜻합니다. 팔을 들면 늑골 사이로 칼이 들어가기 쉽기 때문이죠. 사망자는 거기에 더해 칼을 맞은 상황에서 몸도 움직였습니다. 자상의 길이가 그걸 뜻하고 있습니다."

창하의 설명이 나왔다.

"이런 정황만으로도 사망자는 등 뒤에서 기습을 당했다는 상황 설정이 가능해집니다. 기습을 증명하는 또 다른 증거는 주목할 만한 방어흔이 없다는 겁니다. 방어흔은 주로 손에 많이 발생하는데 보다시피 깨끗하지 않습니까?"

"……."

"마무리로 갑니다. 아까 사전 교육 시간에 현장 상황에 대해서 브리핑을 받았죠? 현장 수사관에 의하면 시신은 공격받은 지점과 발견된 지점이 100m 이상 차이가 납니다. 공격받은 지점에는 혈흔이 없습니다. 따라서 피의자는 자기가 찌른 게 아니라고 주장하고 있습니다만… 그렇다면 우리는 두 가지 생각을 해볼 수 있습니다. 피의자 말대로 다른 범인이 있거나 혹은 사망자가 공격을 받은 후에 구조 요청을 위해 본능적으로 걸어가다 경찰이 발견한 장소에서 쓰러졌거나. 어떤 쪽일까요?"

"폐동맥을 찌른 정도의 자상이라면 혈흔이 있어야겠지요. 범인은 다른 사람일 수도 있을 것 같습니다."

"칼에 찔린 사망자가 무의식중에 걸어서 이동한 것 같습니다."

의견은 두 가지로 갈렸다. 후자는 그 여학생이 낸 것이었다.

"어째서 그렇게 생각하죠?"

창하가 여학생에게 발표 기회를 주었다.

"손으로 지혈했거나… 아니면 옷이 어느 정도 흡수할 수도 있으니까요."

발언이 끝나자 창하가 피경철을 바라보았다. 조용히 웃고 있다. 반은 맞고 반은 틀리기 때문이었다.

"답을 가린다면 후자 쪽이 가깝습니다. 하지만 방금 의견을 발표한 학생의 말은 반만 맞습니다."

"반?"

학생들이 귀를 쫑긋 세웠다.

"이런 경우와 같은 손상을 입은 채 100여 미터를 이동하는 건 가능합니다. 그런데 공격받은 지점에 혈흔이 없었던 것은 선 채로 공격을 받았기 때문입니다. 이렇게 되면 흉곽 내부에서 쏟아진 혈액이 피부까지 밀고 나오는 데 시간이 걸리기 때문입니다. 게다가 여학생의 말처럼 일부 출혈은 걷고 있는 동안 사망자의 옷이 흡수해 줍니다. 그래서 공격받은 자리에 출혈이 거의 없었던 거죠."

깔끔한 마무리 후에 샘플 채취를 이어갔다. 혹시 모를 성폭행 검사를 위해 입과 항문, 생식기에 면봉을 넣었다. 나아가 손톱과 함께 혈액, 소변 등의 샘플 채취도 잊지 않았다.

"혈액 샘플은 목과 심장 등에서 해도 되지만 대퇴골이 가장 이상적입니다."

채혈이 끝난 후에 사인을 발표했다.

"이 사망자의 사인은 흉부자상으로 인한 과다 출혈, 사망의 종류는 살인입니다. 이상으로 본 부검을 종료합니다."

짝짝짝!

박수는 복도에서 터졌다. 죽어서 실려 온 사망자. 그 사망의 원인을 질병 진단처럼 일목요연하게 밝혀내는 부검. 의대생들에게 새로운 매력을 안겨주는 기회가 되었다.

"혹시 의대 마치면 부검의 지망하고 싶다는 생각이 드는 분."

창하가 물었다. 12명이 손을 들었다. 이들이 진짜 부검의를 지원할지는 그때 가봐야 알 수 있다. 하지만 비율만으로도 고무적인 일이 아닐 수 없었다. 의대생들을 상대로 한 부검 강연은 이렇게 끝났다.

다음에 예정된 부검 역시 그리 어려운 것은 아니었으니 서
필호 회장과의 저녁 약속은 문제가 없을 것 같았다.

하지만 그건 창하의 희망 사항일 뿐이었다. 의대생들을 맞
이할 준비를 하던 시간에 엄청난 사건이 터졌던 것이다.

「톱스타 유애라 교통사고로 사망」
「톱스타 유애라가 탄 차량, 시계 불량 강변 이면도로에서
과속하다 교각을 충격해 병원 이송 도중 사망」
「동승한 두 명의 남자 신원에 이목 집중」

뉴스는 용암보다 뜨거운 속보로 도배가 되었다. 이유가 있
었다. 그녀가 바로 재계 최고로 꼽히는 L 그룹의 외동아들과
결혼한 지 6개월밖에 되지 않았던 것.

그러나 사랑에 금이 갔으니 둘 사이에는 불화설이 나돌았
다.

재벌 외동아들인 남편은 아내의 외도를 의심하고 있었다.
그런 차에 사고가 났으니 청부 살인의 의혹까지 덧씌워진 것
이다.

─교통사고일까?
─청부 살인일까?

생각하는 사이에 창하 책상의 전화기가 울렸다. 유애라에 대한 전격 부검 결정이었다.

　—자네 부검은 내가 맡겠네. 사회적 파장이 예상되는 건이니 자네가 짐을 좀 져주시게.

　피경철의 당부가 떨어졌다.

제11장
—
동맥보다 무서운 정맥출혈

[유애라, 당 26세, 171㎝ 56kg]

그녀는 이기적인 몸매의 소유자였다. 물론 사망하기 전의
이야기다. 누구든 목숨의 줄이 끊기면, 미모나 몸매는 논의의
대상이 아니었다. 그렇다고 모든 사람의 주검이 똑같다는 건
아니었다. 죽음에도 차이가 존재한다.

유애라의 주검은 그걸 적나라하게 보여주는 경우였다. 오
늘만 해도 그랬다. 앞서 창하가 끝낸 부검의 시신은 연고자
가 없었다. 아마도 구청으로 인계되어 무연고 화장을 치를 것
이다. 그렇게 쓸쓸한 주검으로 가는 사람도 있지만 유애라처

럼 스포트라이트를 받는 주검도 있다. 달랑 시신만 온 전자의
주검과 달리 이번에는 국과수 경비원과 행정 직원들이 총동원
이 되었다. 그녀의 주검을 애도하는 팬과 기자들 때문이었다.
국과수 정문 앞에는 추모의 꽃이 쌓이고 있다. 지금도 더해지
고 있을 것이다.

그녀는 열린 마인드를 가지고 있었다. 그렇기에 지인이 많았
다.

팬들과의 소통도 남달라, 해마다 연말이면 당첨된 팬클럽
멤버 20여 명을 별장으로 팬을 초청해 밤을 새우기도 했었다.

그런 그녀가 결혼을 발표했을 때 연예계가 흔들린 것도 사
실이었다. 어떻게 보면 유애라다운 선택이었다. 느닷없었던 것
이다.

그 결혼은 오래지 않아 루머에 휩싸이기 시작했다. 발단은
유애라가 얼굴을 꽁꽁 싸매고 외출한 사진이었다.

─남편에게 폭행을 당했다.
─외도하다 들켰다.

온갖 소문이 떠돌기 시작했다. 소문은 유애라가 결혼 세
달 만에 시가의 저택에서 독립하면서 눈덩이처럼 커졌다.

─자유분방한 유애라에게 결혼은 덫

—사실상의 별거

소문의 부피는 날마다 커져갔다.

그러다 일어난 사고였다. 동승한 두 남자는 L 그룹 가족과
는 관계가 없는 사람들이었다.

한 사람은 모 프로야구 구단의 유명한 선발투수였고, 운전
대를 잡은 남자는 그의 동생이었다.

—쓰리썸 후에 귀가하다 천벌?
—ㄱ투수 최근 고전한 이유는 엉뚱한 샷 남발?

불과 몇 시간 만에 인터넷이 뜨거워졌다. 빛보다 빠른 네티
즌들의 신상 털기였으니 과거 프로야구 시상식장에 나란히 앉
은 두 사람의 사진까지 올라왔다.

—유애라는 임신 2개월
—가문 망신으로 생각한 L 그룹의 청부 살인
—100㎞ 넘게 밟은 건 남편의 추격을 따돌리기 위한 선택

네티즌들은 마침내 소설을 쓰기 시작했다. 그러나 완전한
허구는 아니었으니 유애라의 남편 차량이 1시간 전에 그 길을
지나갔던 것이다.

"선생님."

시신 인도 차량에서 내린 건 장혁이었다. 그가 사건 지휘를 맡은 모양이었다.

"검사님이 담당이세요?"

창하가 그를 맞았다. 기자와 팬들에 시달리느라 이미 진땀 투성이었다.

"어마어마하네요."

창하의 시선이 정문으로 향했다. 대략 봐도 500여 명은 되어 보였다. 국과수 직원만으로 감당할 수 없어 경찰까지 요청한 마당이었다.

"인사하시죠. 유애라 씨 쪽 참관인입니다. S병원 해부병리과 장이십니다."

장혁이 뒤의 여자를 가리켰다.

"말씀 많이 들었어요."

해부병리과장 배은숙이 인사를 해왔다. 창하는 그녀를 알고 있었다.

해부병리에서는 대한민국 세 손가락 안에 드는 사람이다. 유애라 측에서 바라보는 사건의 심각성을 알 것 같았다.

"일단 들어가시죠."

창하가 대기실을 가리켰다. 정문 너머에서 찍어대는 카메라가 너무 많았다.

"119 구급대와 병원기록입니다."

대기실 안에서 장혁이 관련 기록을 꺼내놓았다.

"잠깐만요."

창하가 장혁을 제지했다. 그러고는 녹차를 내놓았다.

"마시고 얘기하시지요."

"차는 나중에……."

"아닙니다. 마시는 게 좋습니다."

창하가 다시 권했다.

"SSR… 이미 부검이군요. 마시죠?"

창하의 의도를 알아차린 배은숙이 장혁을 바라보았다.

"SSR? 그런 게 있었군요?"

창하의 설명을 들은 창혁도 찻잔을 잡았다.

SSR은 Stop—Slow—Rule의 약자였다. 창하가 미국에서 배워 온 루틴이다.

유명인이나 정부 지도자가 죽으면 이 루틴을 적용한다. 유명인이나 지도자의 주검을 부검하는 부검의의 행동 하나하나가 미래에 문제가 될 수 있기 때문이었다.

"이제 사건을 좀 볼까요?"

찻잔을 비운 창하, 그제야 사건 서류와 진료 기록을 손에 잡았다. 108㎞의 속력으로 지하차도 교각을 충격한 차량. 운전자는 그 자리에서 즉사했다. 조수석의 투수는 중상을 입었고 이송 중에 앰뷸런스 안에서 죽었다. 마지막으로 유애라는 병원까지 옮겨진 후에 죽었다.

이것만으로도 의혹의 대상이 되었다.

—유애라를 일부러 방치했다.

—유애라부터 옮겼으면 죽지 않았다.

—ㄴ 그룹에서 구급대원을 매수했다.

이 사고는 매사가 이런 식이었다.

"안전벨트를 매지 않았군요?"

창하는 담담하게 기록을 체크했다. 소문이나 소설은 부검의 대상이 아니었다.

구급대원들이 투수를 먼저 옮긴 건 그의 부상이 더 중대하기 때문이었다. 그는 조수석에 앉았고 유애라는 그 뒷좌석에 앉았다.

투수가 즉사하지 않은 건 안전벨트와 에어백 때문이었다. 그러나 결과적으로 사망하게 된 건 유애라 때문이었다. 그 뒷좌석의 유애라가 차량 충격과 동시에 앞으로 쏠리며 투수에게 충돌한 것이다. 부상의 정도가 다른 것은 유애라의 몸무게가 가벼운 덕분이었다.

여기도 소설이 이어졌다.

—둘이 연인이라면 왜 따로 앉았을까?

—그러므로 둘은 연인 사이가 아니다.

반론도 있다.

—혹시라도 사진이 찍힐까 봐 지능적으로 따로 앉았다.
—그러므로 둘은 연인 사이다.

이 설전에 대한 답은 구급대원의 기록에 있었다. 그들이 사고 현장에 도착했을 때 유애라는 의식이 있었다.

"살려주세요."

…라고 말했다고 한다. 그렇다면 당연히 무의식 상태로 중상을 입은 투수가 우선이었다.
여기도 소설이 끼어든다.

—응, L 그룹이 구급대원 매수.
—돈 먹고 진술한 거야.

창하의 시선이 서류 끝을 향해 달려갔다. 응급의료진들은 루틴에 따라 임신반응을 체크했다. 임신반응은 음성으로 나왔다. 그러나 그녀의 소지품에는 약국에서 파는 임신 퀵 테스트기가 두 개나 들어 있었다. 이게 또 엄청난 파장을 일으키고 있었다.

유애라의 사인은 심장마비였다. 병원으로 가는 도중 심장마비를 일으켰고, 도착 후에 응급 소생술을 펼쳤지만 깨어나지 않았다. 다른 진단 사항은 몇 곳의 골절과 가슴과 얼굴의 상처가 전부였다.

유애라의 병원 이송도 회자의 대상이 되었다.

—가까운 H대 부속병원을 놔두고 2㎞나 먼 SS 병원으로 갔다.
—일부러 시간을 지체한 것이다.

이유는 구급대원의 기록에도 나왔다. 유애라의 요청이었다는 것이다. 그래서 다른 길로 접어들었기 때문에 심장마비가 와도 달리는 수밖에 없었다고 한다.

—응, 매수 인정.
—구급대원 좀 털어봐.

소설은 브레이크가 없었다.

세 사람은 공히 혈중 알코올이 나왔다. 심한 건 아니지만 셋이 함께 술을 마신 건 주지의 사실이었다.

"블랙박스는 어떤가요?"

체크를 끝낸 창하가 장혁을 바라보았다.

"특별한 건 없습니다. 사적인 대화는 공개할 수 없고요."

"알겠습니다."

[108㎞ 과속].

[세 사람은 음주 상태].

[유애라는 안전벨트 하지 않음].

[사고 초기에는 의식이 있었음].

[병원 이송 중에 심장마비가 왔고 병원에서 사망].

확실한 팩트만 가지고 부검에 들어갔다.

"부검 시작합니다."

개시 선언과 함께 부검이 시작되었다. 살아 있을 때는 꽃보다 생기가 넘치던 미녀 스타. 그러나 부검대 위에서는 무표정한 시신에 불과했다.

CT 사진부터 보았다. 골절은 모두 여섯 군데였다. 그러나 치명적인 건 없었다.

얼굴과 가슴의 상처도 그렇게 심각하지는 않았다. 멍도 심하지 않았는데 그건 사고로부터 사망까지 걸린 시간이 오래지 않기 때문이었다. 이제는 다 아는 사실이지만 심장이 멈추면 출혈도 멈춘다.

임신반응검사부터 실시했다. 병원에서 했다고 생략할 수 있는 건 아니었다. 음성으로 나오지만 대퇴골에서 채혈한 혈액에 한 번 더 검사 체크를 했다.

가슴은 I자로 열었다. 팬들에 대한 예우였다. 혹시 마지막 가는 모습이 조문객들에게 노출될 수도 있으니 여자 스타들이 목숨처럼 여기는 쇄골 라인의 프라이드를 지켜주는 것이다.

심장은 온기를 잃은 지 오래였다. 신이 내린 최고의 발전기, 심장. 누구든 이게 잠시라도 멈추면 목숨이 날아가는 것이다.

위를 절개했다. 안에 든 건 소량의 알코올과 생선회였다. 그 밖의 다른 장기는 유의할 사항이 없었다. 질에 들어간 성폭행 키트도 깔끔하게 통과가 되었다.

"성관계는 없었군요."

배은숙이 중얼거렸다.

"죄송하지만……."

키트를 내려놓은 창하가 뒷말을 이었다.

"아시겠지만 그건 아직 알 수 없습니다."

"이 선생님."

"부검의로서 원칙을 말씀드린 것뿐입니다."

창하는 자신의 할 일을 잊지 않았다. 유애라의 항문까지 성폭행 키트를 적용시킨 것이다.

"이건……."

배은숙이 쓴 입맛을 다셨다. 좀 심하다는 판단이 든 모양이었다. 하지만 창하는 다음 단계까지도 생략하지 않았다. 이번에는 배유라의 구강이었다.

"선생님."

배은숙의 목소리가 까칠하게 올라갔다. 도와주던 원빈이 주춤거리지만 창하는 직진했다.

"……!"

그 결과를 본 배은숙이 벌어진 입을 닫았다. 이유는 창하 입에서 나왔다.

"구강성교를 한 모양이네요."

창하가 들고 있는 성폭행 키트의 결과는 도도한 '양성'이었다.

"유전자 검사 추가해 주세요."

원빈에게 지시한 창하는 다시 부검을 이어갔다.

부검실의 분위기는 한층 싸해졌다. 현재, 비난은 L 그룹이 받고 있었다. 청부 살인의 루머 때문이었다.

—사고 직전 흰색 벤츠가 사고 차량을 추격하고 있었다.
—위협적인 난폭운전으로 몰아붙였다.

그 또한 기정사실처럼 회자되는 소문이었다.

그런 차에 나온 유애라의 정액 반응. 그것의 주인공은 누구일까?

창하는 더욱 집중하고 있었다. 정액 반응을 건졌지만 사인은 아니었다. 부검의가 찾아야 할 것은 사인이지 사생활이 아닌 것이다.

심장에서 분기된 동맥을 하나하나 짚어갔다. 심장마비의 원인을 찾아 동맥을 절개했다. 그녀의 동맥은 부드러웠다. 치매 노인들의 서걱거리며 '부러져 나가던' 느낌에 비하면 정말이지 달콤할 정도였다. 혈전이나 동맥경화 같은 건 어림도 없었다. 관상동맥에 문제가 없으니 폐로 넘어갔다. 허파동맥 역시 빠짐없이 체크를 한다.

"……."

마지막 동맥 가닥을 체크하면서 창하 눈빛이 어두워졌다. 폐동맥에도 문제는 없었다.

심장마비.

이놈이 창하에게 숨바꼭질을 걸어오고 있었다.

—나 잡아봐라.
—나 찾아봐라.

어쩌면 심장마비가 아니었을까?

이제는 머리로 올라갔다. 두개골을 열었다. 그러나 티 하나 없이 깨끗했다. 연수를 체크하지만 그 또한 명쾌한 사망원인의 답을 주지는 않았다.

'그렇단 말이지.'

후우.

호흡을 가다듬고 '꿩 대신 닭'으로 전환했다. 관상동맥만이 심장마비의 원인은 아니다. 이번에는 정맥이었다. 창하의 집념은 마침내 가슴 깊은 곳에 숨어 있던 폐정맥에서 꽃을 피웠다.

"……!"

거기 원인이 있었다. 조그맣게 찢어진 폐정맥이었다. 그것도 여간해서는 찾기 힘들 정도의 기막힌 위치였다.

'이거였군.'

창하의 긴장이 얼음처럼 녹아내렸다.

정맥은 동맥과 다르다. 혈압이 높지 않아 혈류가 느리다.

그렇기에 손상의 경우, 출혈량도 동맥처럼 급격하지 않다. 덕분에 치명성이 낮지만 반대로, 목숨을 위협할 때는 손쓰기 힘든 경우가 많았다. 가랑비에 젖은 옷이 더 축축하듯 시나브로 흉곽에 스며들기 때문이었다.

"입니다."

창하가 폐정맥을 당겨놓았다.

"……?"

배은숙이 다가섰다. 정말이지 절묘한 부위의 손상이었다.

"이게 사인이라고요?"

장혁도 다가선다. 부검 참관을 많이 한 그지만 배은숙처럼 바로 이해하지는 못했다.

"구급대원이 도착했을 때 유애라는 의식이 있었고, 말도 했습니다. 주요 장기의 정맥이 손상되었을 때 보이는 증상의 하나입니다."

창하의 시선은 배은숙을 겨누고 있었다.

"이놈 때문에 이송 도중에 심장마비에 빠진 겁니다. 동맥과 달리 정맥의 출혈은, 골든타임이 조금 길지만 실기하면 동맥보다 수습하기 어려운 게 이놈이니까요."

"폐정맥······."

"바꿔 말하면, 유애라 씨가 먼저 구조가 되어 이송되었다면······."

살았습니다.

배은숙을 바라보는 창하의 시선이 하는 말이었다.

"이 작은 손상이 사인······."

배은숙의 목소리가 떨렸다. 그녀는 병리과장이다. 당연히 이해할 수 있다. 이해하지 못하는 것은 그녀의 가슴이었다. 유애라 측에서 내세운 참관인이기에 더욱 그랬다.

"아시겠지만······."

창하의 다음 말이 종지부를 찍었다.

"이 상황은 영국 다이애나 비의 사망사고와 복사본입니다. 사망의 배경과 사인이 싱크로율 90% 이상이네요. 그녀의 공식 사망원인도 폐정맥 출혈이었으니까요."

"······!"

배은숙이 경련할 때 원빈이 검사 결과를 알려왔다.

"혈액 분석 결과 특별한 약물은 나오지 않았습니다. 그리고……."

배은숙을 슬쩍 바라본 원빈이 남은 말을 이었다.

"구강의 체액은 투수의 유전자와 일치한답니다."

"……!"

배은숙의 경기가 한 번 더 이어졌다. 유애라가 불륜 상황이 었다는 게 명백해진 것이다.

그 사이에 검경의 수사도 마무리가 되었다. 사고가 난 지하도 부근은 오래된 곳이라 CCTV가 없었다. 하지만 사고 직전에 반대편으로 달리던 차량의 블랙박스가 나왔다. 루머와 달리 사고 차량을 따르던 차량은 없었다.

추론 가능한 과속 이유는 프로야구 경기 시간이었다. 이날 투수의 팀은 더블헤더가 있었다. 그 1차전의 선발 예고 투수가 그였다. 보통 2시간 전에는 경기장에 도착해야 하는데 사고 당시 남은 시간은 고작 1시간 안팎이었다. 시간에 쫓긴 까닭에 과속을 했다는 추론이 가능했다.

마지막으로 유애라 남편의 행적이 남는다.

그는 사고 1시간 전에 사고가 간 지하도 반대 차선으로 달려갔다. 그건 사실이었다. 남편은 업무차 출장을 갔다고 했지만 사실은 그도 교외에서 새 여자를 만나고 있었다. 그런 이유로 알리바이를 공표하지 못했고 그게 의혹에 불을 당긴 것이었다.

―은밀한 곳에서 찢겨진 폐정맥.

온 나라를 들썩이게 한 사인치고는 좀 싱거웠다. 그러나 외관만 보고 증세를 판단한 구급대원들에게는 경종이 되었다. 결과론이지만, 조금만 서둘러 주었어도 유애라는 살았다.

"폐정맥……."

배은숙은 어깨를 떨군 채 부검실을 나갔다. 원빈이 창하에게 엄지를 세워주었다. 장혁의 것도 덤으로 올라갔다.

두 개의 엄지 척.

수고한 창하에게, 머잖아 일어날 낭보의 암시이기도 했다.

『부검 스페셜리스트』 9권에 계속…